Fi
Docum

# Le Quatrième Mur

## Sorj Chalandon

lePetitLittéraire.fr

# Sorj Chalandon
# Écrivain et journaliste français

- **Né en 1952**
- **Quelques-unes de ses œuvres :**
  *Une promesse* (2006), roman
  *Retour à Killibegs* (2011), roman
  *Le Quatrième Mur* (2013), roman

Membre de la presse judiciaire et grand reporter, Sorj (Georges de son vrai prénom) Chalandon a été journaliste puis rédacteur en chef-adjoint au quotidien français *Libération* de 1973 à 2007. En 1988, le prix Albert-Londres, qui récompense chaque année le meilleur grand reporter de la presse écrite, lui est décerné pour l'ensemble de ses reportages. Depuis 2009, il participe au comité de rédaction du *Canard enchaîné*.

En 2005, il se lance dans l'écriture fictionnelle. Devenir écrivain lui permet notamment de traiter par le biais de la fiction les conflits qui l'ont meurtri. Ses cinq romans ont tous rencontré l'enthousiasme du public et de la critique : *Le Petit Bonzi* (2005) a reçu trois prix du premier roman ; *Une promesse* (2006), le prix Médicis ; *Mon traître* (2008) a obtenu six prix. *La Légende de nos pères* (2009) s'est également distingué en 2010. L'année suivante, *Retour à Killibegs* obtient le Grand Prix du roman de l'Académie française. Son dernier roman, *Le Quatrième Mur*, était en lice pour le prix Goncourt 2013.

# Le Quatrième Mur
# Antigone au Liban

---

- **Genre :** roman
- **Édition de référence :** *Le Quatrième Mur*, Paris, Grasset, 2013
- **1re édition :** 2013
- **Thématiques :** guerre, théâtre, violence, souffrance, trêve, traumatisme

---

Publié en 2013, *Le Quatrième Mur* est un roman qui prend pour décor le Beyrouth des années 1982-1983. À cette époque, le Liban est un pays déchiré où les différentes forces en présence s'opposent violemment.

Le lecteur suit l'itinéraire d'un metteur en scène français, Georges, qui, à travers la représentation de la pièce *Antigone* d'Anouilh (1944), tente d'instaurer un court temps de paix, en donnant un rôle aux différents protagonistes de cette guerre civile : chrétiens maronites, druzes (musulmans hétérodoxes), sunnites palestiniens, chiites, chaldéens. En juin, alors que les répétitions débutent, l'armée israélienne bombarde les positions palestiniennes, puis entre au Liban. Georges et ses acteurs sont alors entrainés dans le conflit. En aout, les forces armées palestiniennes quittent Beyrouth pour la Tunisie, laissant la population sans protection. Un mois plus tard, les Palestiniens vivant au Liban sont massacrés dans les camps de Sabra et de Chatila par les phalangistes chrétiens sous le regard de l'armée israélienne. À Chatila, l'existence de Georges bascule, pour s'achever en octobre 1983 sous les tirs des chars syriens.

# RÉSUMÉ

## ANTIGONE À BEYROUTH : UN ESPOIR DE PAIX

L'*Antigone* d'Anouilh (auteur dramatique français, 1910-1987), pièce emblématique de la Résistance, devient, au cours de l'année 1982, le cœur de l'existence de Georges, metteur en scène français, militant maoïste, éternel étudiant en histoire et jeune père de famille.

### Bon à savoir

Antigone est la fille de Jocaste et d'Œdipe, souverains de Thèbes. Après la mort de leur mère et l'exil de leur père, les deux frères d'Antigone, Étéocle et Polynice, s'entretuent pour prendre le pouvoir. À leur mort, leur oncle Créon s'empare du trône et, pour assoir son pouvoir en faisant un exemple, décide qu'Étéocle sera considéré comme un héros et Polynice comme un traitre ; ce dernier n'aura donc pas de sépulture. Créon promulgue un édit condamnant à mort celui ou celle qui s'aviserait d'enterrer le cadavre. Antigone, contre l'avis de sa sœur, Ismène, brave l'interdit et tente de recouvrir son frère de terre. Découverte par les gardes de Créon et au terme d'un long débat avec celui-ci, la jeune femme est condamnée à être enterrée vivante. Mais, alors que l'on s'apprête à sceller le tombeau, Créon apprend que son fils Hémon, fiancé d'Antigone, s'est laissé enfermer avec elle. Le temps d'ouvrir le tombeau, Antigone s'est pendue avec sa ceinture. Lorsqu'Hémon voit son père, il s'enfonce une épée dans le corps. À l'annonce de la mort de son fils, Eurydice, la femme de Créon, se tranche la gorge.

Cette pièce semble être l'œuvre idéale à mettre en scène dans une Beyrouth déchirée par la guerre civile. La représentation – unique – aura lieu dans un ancien cinéma, localisé sur la « ligne verte ». Cette ligne de démarcation entre le Beyrouth-Ouest des phalangistes chrétiens et le Beyrouth-Est des musulmans est le théâtre de violences quotidiennes et de tirs nourris de la part des belligérants. Pourtant, le temps d'une représentation, ils devront tous s'unir puisqu'ils ont été choisis pour être les acteurs de la pièce. Chaque communauté y sera représentée :

- Antigone (Imane) est sunnite palestinienne ;
- Créon (Charbel) est chrétien maronite ;
- Hémon (Nakad) est druze ;
- les gardes (Nabil, Nimer, Hussein) et Eurydice (Khadijah) sont chiites ;
- Ismène (Yevkinée) est catholique arménienne ;
- la nourrice (Madeleine) est chaldéenne.

Pour un temps, tous devront respecter le cessez-le-feu, et les identités de chacun disparaitront derrière les héros de la tragédie. Lorsque le rideau tombera, tous les personnages morts se relèveront pour saluer le public.

## SAMUEL ET GEORGES

L'initiateur du projet est Samuel Akounis, un metteur en scène grec juif, réfugié en France après avoir échappé au régime des colonels en Grèce dans les années soixante-dix.

### Bon à savoir

De 1967 à 1974, la Grèce est placée sous un régime de dictature, issu du coup d'État de la junte militaire dominée par Georges Papadhópoulos (1919-1999). Surnommé la « dictature des colonels », ce régime politicomilitaire proclame la République par référendum le 1er juin 1973 et destitue le roi Constantin II (1964-1973), en exil à Rome. Mais une situation économique difficile, la répression et le mécontentement de la population et, finalement, l'intervention turque à Chypre précipitent la fin de cette dictature en juillet 1974, au profit d'un gouvernement formé de civils. De retour d'exil, l'ex-Premier ministre Constantin Caramanlis (1907-1998) reprend ses anciennes fonctions et, en décembre de la même année, la population se prononce, par référendum, pour le maintien de la République et la fin de la Monarchie.

Arrivé en France en héros de la résistance à la dictature, il rejoint le groupe de militants maoïstes de la faculté de Jussieu auquel appartient Georges (et Aurore, sa petite amie). C'est là qu'ils font connaissance et deviennent rapidement amis. Son engagement, les manifestations et les actions coup-de-poing contre les groupes d'extrême droite de la faculté d'Assas permettent à Georges, orphelin révolté, de laisser s'exprimer la rage qui brule en lui. Cette colère l'amène à participer et à subir des actes d'une extrême violence : un passage à tabac lui laissera un handicap au genou. Samuel, marqué par des agressions d'une autre nature (torture, insurrection civile), lui apprend peu à peu à se canaliser ; pour lui, la paix et la réconciliation demandent un courage bien supérieur à la lutte. La vie se charge également de tempérer les ardeurs de Georges : celui-ci se marie avec Aurore, ils ont ensemble une petite fille prénommée Louise. Samuel est leur témoin et le parrain de leur fille. S'ils se perdent un peu de vue au fil du temps, les deux hommes restent tout de même proches.

Lorsque Samuel est hospitalisé pour un cancer en phase terminale, Georges est à son chevet. Avant de mourir, Samuel, qui l'attend avec la kippa de son père, lui donne un exemplaire de la pièce de théâtre d'Anouilh et une petite bourse remplie de la terre de Jaffa. Georges quitte l'hôpital avec le cœur au bord des lèvres et une mission : il doit poursuivre le projet initié par son vieil ami et monter *Antigone* à Beyrouth. On est en février 1982, tout est prêt : les contacts sont pris avec les pouvoirs locaux, le lieu est trouvé et les acteurs sont choisis.

## LA FIN D'UN ESPOIR

À Beyrouth, Georges est accueilli par Marwan, un druze libanais recruté par Samuel pour le guider et lui servir de chauffeur. Ce dernier, bien que dubitatif face à ce projet qu'il juge utopiste, accepte néanmoins de prendre des risques pour mener Georges à la rencontre de ses acteurs, qui ne se sont jamais vus, et laisse même son propre fils, Nakad, participer à l'aventure. La tâche de Georges est ardue, car il doit obtenir l'accord de toutes les parties pour mener son projet à bien. Pour le moment, seul le personnage d'Antigone est confirmé : c'est Imane qui a le rôle. Il la rencontre chez elle à Chatila (camp de réfugiés palestiniens à Beyrouth), après un passage mouvementé au barrage palestinien devant le camp. Puis, il passe la « ligne verte » et tente d'obtenir l'autorisation d'un chef de la milice chrétienne, Joseph-Boutros, pour laisser son frère Charbel endosser le rôle de Créon. Là, Georges est humilié par les miliciens et effrayé par les coups de feu. Mais, après une nuit passée assis aux genoux de Joseph-Boutros tirant sur le campement adverse, il repart avec l'autorisation et l'accord des belligérants de respecter un cessez-le-feu pendant la représentation. Il lui faut encore obtenir des autorités religieuses chiites l'autorisation pour laisser jouer Nabil, Nimer et Hussein, les trois gardes, ainsi que Khadijah, qui jouera le rôle d'Eurydice. Après un court entretien avec un dignitaire religieux d'Amal islamique (milice chiite libanaise) qui finit de convaincre Georges que chaque communauté a sa propre interprétation de la pièce d'Anouilh, cet obstacle se lève également. Fort de ces premiers succès et commençant à avoir l'espoir de réaliser cette folle entreprise, Georges réunit ses acteurs dans l'ancien cinéma. Les comédiens font connaissance. Tous jouent le jeu et laissent « leur guerre à la porte [du] théâtre » (p. 118). Il leur donne ensuite rendez-vous en juin pour la première répétition, puis rentre en France.

Le 4 juin 1982, tous les acteurs d'*Antigone* sont réunis autour de Georges, de retour à Beyrouth. L'unique représentation est fixée au 1er octobre. Alors que le metteur en scène livre sa vision de la pièce, des bombes explosent : l'armée israélienne attaque Beyrouth. Tous se dispersent.

## LA GUERRE ET LE RETOUR IMPOSSIBLE

Georges suit Imane, qui retourne à Chatila. Alors qu'il tente de se rendre utile aux civils blessés, le jeune homme est soufflé par une bombe au phosphore. Ses yeux sont brulés, mais grâce aux efforts des médecins palestiniens, il ne perd pas la vue. Marwan le retrouve et décide de l'héberger dans sa maison située dans la montagne.

Pendant l'été, alors qu'il recouvre des forces et la vue (grâce aux soins de Nakad qui est secrètement amoureux de lui), Georges apprend que les forces armées palestiniennes de Yasser Arafat (homme politique palestinien, 1929-2004) ont négocié leur retrait en Tunisie. Il rentre alors à Beyrouth le 17 septembre, la veille du massacre des camps palestiniens de Sabra et de Chatila.

Le lendemain, tandis que l'armée israélienne éclaire la nuit avec des fusées, les phalangistes chrétiens s'introduisent dans les camps et s'en prennent aux civils qui s'y sont réfugiés. Georges entre dans le camp de Chatila et se croit perdu en enfer durant les scènes d'horreurs auxquelles il assiste. Comme beaucoup d'autres, Imane et sa famille ont été torturées et assassinées. De retour chez Marwan, le jeune homme s'effondre. Mais, grâce à son guide bienveillant, il parvient à rentrer en France au terme d'un long périple.

À l'aéroport, Aurore, Louise et des amis l'attendent. Ils célèbrent ensemble son retour par une fête surprise organisée en son honneur. Georges se laisse faire, mais ne parvient pas à oublier la guerre et l'horreur des camps.

La vie quotidienne lui parait désormais insignifiante. Peu à peu, il s'isole, ne trouvant aucun réconfort dans la présence de sa famille, et devient même violent. Ses proches sont contraints de l'interner pendant plusieurs mois. À sa sortie, en juillet 1983, Samuel est mort sans qu'il ait pu le revoir, parce qu'il n'a pas trouvé la force de lui avouer son échec et de lui raconter la guerre. Georges tente à nouveau de reprendre le cours de sa vie. Mais, au cours d'une promenade avec sa fille dans le parc Monceau, à cause d'un caprice de la fillette, il se montre à nouveau violent. Il prend alors définitivement conscience qu'il n'est plus à sa place dans sa vie.

Sans un mot pour sa femme et sa fille, il met ses affaires en ordre et repart pour Beyrouth afin de remettre à Yassine, le frère d'Imane, des objets symboliques : la terre de Jaffa et la clé de la maison ancestrale en Palestine. À son arrivée, Marwan le fidèle l'accueille. Lui aussi a été marqué par les horreurs de la guerre et n'en est pas sorti indemne : Nakad, son fils, a été tué par les phalangistes. Le druze accepte d'aider Georges, mais pose ses conditions : pour venger la mort de son fils, il veut la tête de Joseph-Boutros, le chef phalangiste. Georges se laisse convaincre et use de son influence auprès de Charbel, le comédien, pour débusquer son frère. Trahi, le milicien est battu à mort par les druzes. Georges, prenant sa part de guerre, l'achève d'une balle dans la tête.

Les vies de Georges et de Marwan s'achèvent fin le 27 octobre 1983 à Tripoli, au Nord du Liban, sous les coups de feu d'un char syrien.

# ÉTUDE DES PERSONNAGES

## GEORGES

Georges est le personnage principal et le narrateur du roman.

Lorsque l'histoire débute au début des années quatre-vingts, c'est encore un jeune homme, plein de fougue qui se cherche un destin et qui construit peu à peu sa vie. Étudiant à Jussieu, il a embrassé la cause maoïste, mais le local des révolutionnaires a fini par être fermé et ses compagnons ont suivi leur propre route.

**Bon à savoir**

Historiquement, le maoïsme est un courant du communisme développé au XX^e siècle par Mao Zedong (1893-1976), le chef du parti communiste chinois. Dès 1949, Mao adapte les théories de Marx (théoricien du socialisme et révolutionnaire allemand, 1818-1883) et de Lénine (révolutionnaire et homme d'État russe, 1870-1924) à la situation politique et économique de la Chine et tente notamment, par la révolution culturelle, de sauver le peuple chinois de l'impérialisme occidental et du confucianisme (courant de pensée développé en Chine à partir des idées de Confucius, vers 551-479 av. J.-C.). En France, comme dans d'autres pays occidentaux où sont nombreux les déçus du système soviétique, certaines organisations d'extrême gauche se revendiquent de la pensée maoïste (sans reprendre à leur compte l'ensemble des positions politiques du parti communiste chinois) et sont qualifiées de maoïsantes. L'apogée de cette influence intellectuelle du maoïsme correspond au mouvement de contestation français de 1968 et concerne essentiellement le milieu ouvrier et les jeunes (lycéens et étudiants).

Passionné de théâtre, Georges se rêve metteur en scène, mais son père l'a convaincu de reprendre sa chaire d'histoire. Pion dans un lycée, il poursuit donc ses études. Marié à Aurore qu'il a rencontrée sur les bancs de la fac, il est le jeune père d'une petite Louise. C'est avec la force de cette jeunesse et des illusions qui l'accompagnent qu'il fait sien le projet de son ami Samuel : faire d'une pièce de théâtre un instant de répit dans une guerre qui n'en finit pas.

Tout jeune qu'il est, Georges est un homme entier, très engagé :

- en art ;
- en politique ;
- en amitié ;
- en amour.

Toutefois, il est également naïf et inexpérimenté. Il ne prend conscience que progressivement de la complexité de l'entreprise dans laquelle il s'est lancé. Ainsi, avant Beyrouth, il n'avait jamais quitté la France. Au cours de son périple, il lui arrive de commettre des impairs qui lui valent de se faire remettre à sa place par certains protagonistes. En effet, il est plongé au cœur d'une guerre civile au Moyen-Orient et non d'un conflit entre gauchistes et droitistes d'une université occidentale.

Georges est également un homme blessé et tourmenté. Il est meurtri dans sa chair : depuis son agression, au cours d'une scène d'une grande violence, par des militants d'extrême droite d'Assas, son genou le fait souffrir et sa jambe est partiellement handicapée. Par la suite, à Beyrouth, il est blessé aux yeux par une bombe au phosphore qui lui laissera des séquelles irréversibles. De plus, Georges, orphelin élevé sans amour, est un écorché vif. Toute cette souffrance alimente une violente rage qui ne fait que grandir face aux horreurs de la guerre au Liban.

Par toutes ces caractéristiques, il est donc l'acteur/le personnage parfait d'une tragédie et est la personne idéale pour faire voler en éclats les frontières entre la représentation et la réalité.

Enfin, Georges (véritable prénom de Sorj Chalandon) est le double littéraire de l'auteur. Loin de s'en cacher, Chalandon écrit qu'il a été témoin des mêmes scènes de guerre et d'horreur que le personnage. Grand reporter, il a notamment été envoyé à Sabra et à Chatila pour couvrir le massacre. Selon ses dires, ce personnage de fiction lui permet d'exorciser son histoire personnelle, tout en allant plus loin que lui-même n'était allé.

## SAMUEL AKOUNIS

Samuel Akounis est un juif de Salonique de dix ans l'ainé de Georges. Grec réfugié en France où il est accueilli en héros pour s'être opposé au régime autoritaire des colonels, sa vie a été marquée par des drames. « Enfant rescapé » (p. 55), il a échappé de justesse aux rafles des nazis durant la Seconde Guerre mondiale (1939-1945) ; ses parents en revanche ont péri à Birkenau (camp d'extermination situé en Pologne). Metteur en scène engagé plus qu'opposant politique, il a été torturé en Grèce. Le cancer dont il souffre et qui finira par avoir raison de lui est en grande partie dû aux sévices qu'il a subis (étouffement au gaz).

De son passé, Samuel tire une grande sagesse et une conscience aigüe du degré de gravité des choses. Par son expérience, il apporte énormément à Georges. C'est lui qui lui permet notamment de sortir de son militantisme de premier degré.

Malgré toutes ses meurtrissures, Samuel est un personnage idéaliste et joyeux. Il est une sorte de double antagoniste et complémentaire de Georges. Notons que la figure d'un Georges grimaçant et celle d'un Samuel souriant font appel aux deux masques utilisés dans le théâtre (p. 18). Les deux protagonistes sont amis, presque frères. Samuel représente une véritable figure paternelle pour Georges qui a manqué d'amour et est à la recherche d'un père. Privé également de sa famille, Samuel a adopté le jeune homme et lui donne une éducation intellectuelle et morale.

Le Grec est surtout et avant tout, le metteur en scène : monter la pièce d'Anouilh à Beyrouth est son projet. Il a tout planifié (le décor, la mise en scène et les acteurs) avant d'en confier la réalisation à son ami. De son côté, Georges suit toutes les consignes qu'il a reçues de Samuel et ne se réfère qu'à son carnet de notes (contenant toutes les idées de mise en scène). Au-delà de la pièce, il est également le metteur en scène de la vie de Georges. C'est lui qui tire les ficelles. Il est d'ailleurs intéressant de noter que sa mort coïncide avec le moment où Georges, délaissant tout projet lié à *Antigone*, retourne à Beyrouth pour suivre son propre chemin. Sans metteur en scène, l'acteur se confond avec le personnage réel et décide seul d'achever une pièce qui est devenue sa vie.

## MARWAN

Marwan est le chauffeur libanais de Georges. Bien qu'il s'agisse d'un personnage secondaire, son rôle est fondamental dans le roman. Présent tout au long du périple de Georges à Beyrouth, il est son guide et son protecteur : il l'accueille à l'aéroport, l'introduit dans sa famille et sa communauté, le transporte dans les quartiers de la ville en bravant pour lui tous les dangers et lui évite parfois les faux pas avec certaines communautés. C'est lui encore qui soignera sa blessure aux yeux et qui le récupèrera après sa découverte du massacre des camps de réfugiés. Enfin, c'est lui qui mènera Georges vers sa fin. Leurs destins sont extrêmement liés : ils mourront quasiment ensemble.

Personnage bienveillant et prêt à servir les desseins de Georges, Marwan n'en reste pas moins un Libanais, protagoniste de la guerre civile. Il est druze – c'est-à-dire musulman hétérodoxe – et fier de l'être. À de nombreuses reprises, il marque d'ailleurs son appartenance et son animosité à l'égard de certains clans. Même s'il désapprouve le projet de monter *Antigone* en plein conflit ou le retour de Georges à Beyrouth après l'échec de la pièce, il se montre loyal envers Samuel et Georges, et respecte fidèlement son engagement.

Toutefois, malgré les aspects très positifs de sa personnalité, Marwan est également un personnage ambigu. Ainsi, il exerce un chantage sur Georges pour le faire participer à l'assassinat de Joseph-Boutros. Il lui demande en effet de payer le prix fort pour son retour au Liban : en lui tendant une arme pour qu'il achève le milicien, il lui propose de prendre réellement part à la guerre.

## LES ACTEURS

Les acteurs apparaissent au lecteur à travers le regard de Georges :

- Imane, la belle Palestinienne, est Antigone, l'icône de la résistance ;
- Charbel, le farouche chrétien, est le souverain et cruel Créon ;
- le doux, mais opiniâtre Nakad, le druze, est Hémon.

Ils n'ont pas été choisis au hasard. Les lignes politiques de chacune des parties impliquées dans la guerre civile trouvent une résonance dans la tragédie d'*Antigone*.

Pourtant, au-delà de ces images littéraires, les acteurs sont avant tout des hommes et des femmes, dont on devine les particularités et les aspirations personnelles en filigrane. Ainsi, Imane et Charbel semblent ressentir une attirance et pourraient bien vivre une histoire d'amour si le metteur en scène et la guerre ne s'immisçaient pas entre eux. Charbel, en trahissant et en livrant son frère à une mort certaine, dévoile la face sombre de sa personnalité. Nakad n'hésite pas à avouer son amour pour Georges.

Mais tout ceci restera à l'état d'ébauche. Pour Georges, ils sont les acteurs d'une tragédie qu'il échouera à mettre en scène, tandis que pour l'histoire, ils sont les acteurs d'une guerre. Leur humanité est donc réduite à la portion congrue.

# CLÉS DE LECTURE

## LE MYTHE D'ANTIGONE

Le mythe d'Antigone, dont Sophocle (poète tragique grec, vers 496-406 av. J.-C.) écrit la première version aux environs de 442 av. J.-C. et dont Anouilh donne une nouvelle version en 1942, est au cœur du *Quatrième Mur*. C'est à la fois le sujet principal du roman et une variation sur le thème, une mise en abyme (procédé consistant à représenter une œuvre dans une œuvre du même type).

En effet, l'*Antigone* d'Anouilh est présente partout dans le roman :

- elle ouvre et clôture le livre, puisque le prologue et l'épilogue sont de la main d'Anouilh ;
- au début de leur amitié, Samuel parle d'*Antigone* comme d'une œuvre majeure pour lui et offre un exemplaire de la pièce à Georges : « Je n'imaginais pas l'importance du cadeau que Samuel Akounis venait de me faire. Lui non plus ne devinait pas que cette terrasse de juillet changerait sa vie et la mienne. » (p. 24) ;
- après lui avoir offert le livre, il propose à Georges de le mettre en scène à sa place. La maladie de Samuel, qui l'empêche de réaliser son dessein, et la décision de Georges de monter « coute que coute » cette pièce pour son ami sont leséléments déclencheurs de l'action du roman. C'est la préparation d'une représentation

d'*Antigone* à Beyrouth sur la « ligne verte » qui entraine le narrateur et personnage principal au Liban et le précipite vers sa propre mort;
- enfin, le roman est un véritable hommage à la pièce du dramaturge. L'intrigue est plusieurs fois évoquée puis détaillée; les personnages sont décortiqués par les acteurs qui en donnent leur vision; une analyse littéraire complète de l'œuvre est même donnée par la voix du metteur en scène. Par ailleurs, Georges avoue apprécier « la leçon de tragédie que donne cette pièce » (p. 138).

Dans son roman, Sorj Chalandon s'inscrit dans la tradition d'Anouilh réécrivant la tragédie de Sophocle pour lui donner une autre résonance. De la même façon, Chalandon s'empare du mythe et l'actualise en le nourrissant de son histoire et des drames qu'il a vécus. Ainsi, si Imane, la jeune Palestinienne, porte le masque d'Antigone, « une héroïne du « non » qui défend sa liberté propre » (p. 24), c'est bien Georges lui-même qui l'incarne dans la réalité. En effet, c'est entre le jeune homme et Antigone qu'on peut établir un véritable parallèle :

- son destin est tragique et, dès le premier chapitre, le lecteur sait qu'il n'en réchappera pas;
- de même que, lorsque Créon offre à Antigone une chance de s'en sortir, celle-ci la refuse (« Vous me dégoûtez tous avec votre bonheur ! », Anouilh, *Antigone*, La Table ronde, Paris, 1946, p. 95), Georges repousse également la possibilité du bonheur. Alors qu'il est de retour en France auprès des siens,

il décide en effet de repartir vers le Liban en guerre (« Les misères de la paix me dégoûtaient [...]. Ce pauvre bonheur ? », p. 186-187) ;

- tout comme le personnage d'Antigone se rebelle contre les lois iniques de Créon malgré le danger, Georges refuse la fatalité et la facilité. Il s'entête dans la réalisation de ses missions symboliques, au risque de sa propre vie (il en va ainsi de son projet de pièce et de son souhait de rapporter les objets récupérés chez Imane à son frère) ;
- enfin, de même qu'Antigone choisit de mourir, Georges se porte lui-même au-devant des tirs des chars (« Il a boité vers la sortie », p. 206).

Au terme du roman, c'est donc d'un tout autre œil que l'on peut lire les mots d'Anouilh dans le prologue du roman : « Voilà. Ces personnages vont vous jouer l'histoire d'Antigone. » (p. 4)

## THÉÂTRE ET NARRATION

*Le Quatrième Mur* entretient des liens extrêmement étroits avec le théâtre aussi bien dans le fond que dans la forme. En effet, ce roman adopte des procédés stylistiques utilisés généralement dans les pièces de théâtre, et plus particulièrement dans les tragédies antiques :

- tout comme une tragédie antique, le livre de Chalandon s'ouvre sur un prologue et se termine sur un épilogue (qui sont d'ailleurs tirés de la pièce d'Anouilh) ;

- dès le premier chapitre (qui est en réalité l'avant-dernière scène du récit), le lecteur sait que le personnage principal va mourir. Comme dans toute tragédie, l'histoire est écrite et le héros ne peut en réchapper : « Souvenez-vous de ce que le Chœur nous apprend de la tragédie. Il dit que la tragédie, c'est propre, c'est reposant, c'est commode. Dans le drame [...] cela devient épouvantablement compliqué de mourir. [...] Tandis que la tragédie, c'est gratuit. C'est sans espoir. » (p. 137) ;
- s'il se divise en vingt-quatre chapitres, le déroulement du récit reprend dans sa construction celle des tragédies de l'époque classique, en cinq actes :
    - la première partie correspond à l'exposition de la situation des personnages (Samuel et Georges) ;
    - la deuxième voit apparaitre l'élément perturbateur (la pièce à monter à Beyrouth alors en temps de guerre) ;
    - dans la troisième partie, les protagonistes cherchent une solution au drame. Tout parait encore possible (Georges surmonte les premiers obstacles et parvient à réunir les acteurs) ;
    - dans la quatrième partie, l'action se noue définitivement. Les personnages n'ont plus aucune chance d'échapper à leur destin (le bombardement, le massacre des camps de réfugiés) ;
    - enfin, l'action se dénoue dans la cinquième partie, entrainant la mort d'un ou de plusieurs personnages (Imane, Nakad, Samuel, Marwan et Georges) ;

- à plusieurs reprises, des dialogues de théâtre issus d'*Antigone*, mais également d'*Ubu roi* (comédie d'Alfred Jarry, 1896) sont reproduits dans le texte même du roman. L'auteur finit par transgresser la frontière entre les genres dans le dernier chapitre, lorsqu'il abandonne la narration romanesque pour adopter lui-même le dialogue de théâtre :

> Mahdi :
>
> - Dehors tu vas mourir
>
> Georges :
>
> - Personne ne quitte ce monde vivant. (p. 206)

- un chœur est présent. Dans la tragédie antique, il entre au début de la pièce, et s'installe dans l'*orchestra* (espace où se trouvent également les danseurs, les musiciens et les chanteurs), et quitte le théâtre en dernier lieu. Sorj Chalandon fait décrire le rôle du chœur par Georges, qui l'expose à ses acteurs et qui doit le jouer lui-même dans la pièce : « Je suis le Chœur. Je viens de Grèce antique. Je suis ce qu'Anouilh a conservé de Sophocle. Je suis en marge. Je suis le narrateur. Je présente les personnages, je raconte, j'anticipe. Je suis à la fois le messager de mort et la voix de la raison. » (p. 137) Ce rôle, Georges l'abandonne au moment de mourir ; un vrai chœur reprend la main, en même temps que la narration :

> Le Chœur :
>
> - Deux fois Georges est tombé. [...] La mort l'a pris comme ça. (p. 206)

- Avec ce changement de narrateur, on change également de point de vue : Georges n'est donc plus le chœur/narrateur, mais l'acteur/personnage.

## LA MISE EN SCÈNE : THÉÂTRE, RÉSISTANCE ET INTERPRÉTATION(S)

Le théâtre est avant tout caractérisé par une mise en scène. Celle-ci implique un positionnement par rapport au contexte politique dans laquelle elle se fait et par rapport à la réalité.

En effet, si Antigone est bien l'héroïne du « non » (aussi bien dans la pièce de Sophocle que dans celle d'Anouilh), c'est bien la mise en scène d'Anouilh et le contexte politique dans lequel il l'a fait jouer qui fait de son *Antigone* une œuvre emblématique de la Résistance : la première représentation a lieu au théâtre de l'Atelier à Paris le 4 février 1944, durant l'occupation allemande. Le personnage d'Antigone devient alors le symbole de l'opposition, de la désobéissance à des lois iniques (Créon peut dès lors incarner les lois nazies) et ce, au mépris de la mort. C'est également une dénonciation de la passivité du plus grand nombre face à ces mêmes lois par peur (Ismène représente les civils qui ont collaboré) ou par obéissance aveugle (les gardes deviennent les fonctionnaires du gouvernement de Vichy en place pendant l'Occupation) et une immense leçon d'espoir. Samuel Akounis se situe dans cette tradition lorsqu'il tente de mettre en scène *Antigone* à deux reprises (« Samuel aime ce texte parce qu'il a été écrit aux heures les plus noires de notre histoire. Lorsque tout était perdu. », p. 136) :

- la première fois en Grèce, pour s'opposer à la dictature des généraux ;
- la seconde fois à Beyrouth, pour s'opposer à la guerre civile et à la passivité des autres pays.

Anouilh et le personnage de Samuel soulignent ainsi la dimension éminemment politique du théâtre : « Un géant qui blesse à mort tout ce qu'il frappe » (BEAUMARCHAIS, *Le Mariage de Figaro*, Paris, Presses Pocket, 2006, p. 105), selon les dires de Beaumarchais (écrivain français, 1732-1799), repris par Chalandon à travers Georges (p. 28). Une pièce peut, en effet, se transformer en arme de dénonciation des pouvoirs en place, aussi bien qu'en espace d'expression des libertés individuelles ou de construction du collectif par le dialogue. C'est en effet là toute l'ambition de Samuel et de Georges lorsqu'ils se lancent dans la mise en scène de leur *Antigone* : faire renaitre l'espoir, rassembler toutes les communautés dans un lieu de dialogue, refuser la facilité et la passivité générale et s'opposer aux partis en place qui se passeraient volontiers de la liberté d'expression.

Preuve enfin du caractère très politique du théâtre : les forces en présence à Beyrouth s'intéressent toutes de près au projet de Georges (qui obtient les papiers nécessaires de tous les partis) et se laissent convaincre d'autoriser la représentation, car chacun voit dans la pièce ce qu'il souhaite y voir. Ainsi, tout comme en 1944 la censure allemande n'y avait vu que la réussite du puissant Créon à imposer ses lois alors que la population française préférait y voir l'acte de rébellion d'Antigone, chaque protagoniste de la pièce de Georges la lit et l'interprète selon ses convictions : « Antigone, dérobée par les uns, par les autres [...]. » (p. 106)

Enfin, en devenant un acte de résistance, le théâtre pousse par conséquent ses interprètes à naviguer très près des frontières entre la fiction et la réalité (puisqu'il cherche à interagir avec son contexte). D'après Samuel, il existe entre les acteurs d'une pièce et l'extérieur un « quatrième mur » qui les protège, leur permet de jouer leur rôle sans interaction avec la réalité et de retrouver leur vie après la représentation : « Le quatrième mur, c'est ce qui empêche le comédien de baiser avec le public [...]. Une façade imaginaire, que les acteurs construisent en bord de scène pour renforcer l'illusion. Une muraille qui protège leur personnage. Pour certains un remède contre le trac. Pour d'autres, la frontière du réel. » (p. 23)

Emporté par sa fougue, Georges entremêle sa pratique du théâtre et son action militante (« Le théâtre était devenu mon lieu de résistance. », p. 28). Il franchit une première fois la frontière, lors de la grève des ouvriers de l'usineAlsthom. En jouant face aux CRS (acronyme de compagnies républicaines de sécurité) une scène d'*Une demande en mariage* de Tchekhov (écrivain russe, 1860-1904) avec Aurore et Samuel, dans laquelle il simule sa mort subite : « Nous avons quitté le trottoir comme on sort de scène [...] – Il m'a fait peur, ce con ! a lâché un flic. Nous avons pris ce mot pour un vivat. » (p. 31) Puis, de retour à Beyrouth après l'échec d'*Antigone* et surtout son expérience traumatisante de la guerre, incapable de retrouver sa vie, Georges franchit de nouveau la frontière entre la fiction (Beyrouth, le décor de sa pièce) et la réalité (Beyrouth en guerre), sans espoir de retour : « Il a traversé le quatrième mur, celui qui protège les vivants. » (p. 206)

## LES VIOLENCES DE LA GUERRE

*Le Quatrième Mur* est un roman traversé par la violence et la mort qui narre le retour impossible d'un homme traumatisé par la guerre.

Dès la présentation des personnages, Sorj Chalandon dépeint Georges comme un homme en colère (« Je charrie la fureur », p.40), marqué par la violence et meurtri dans sa chair. Militant maoïste, il se porte au combat contre les CRS et n'hésite pas à frapper les militants du camp adverse. Son engagement le conduit à se faire passer à tabac par ses adversaires : « J'explosais. [...] Je n'avais plus un os en place. Ils ne me frappaient pas seulement, ils me démolissaient. » (p. 44) Mais en arrivant au Liban, Georges découvre un autre type de violence : « La violence brute, pure [...]. » (p. 141) Il est en effet confronté à une brutalité d'un genre nouveau :

- l'humiliation. Les miliciens chrétiens le jettent à terre et l'obligent à manger le laissez-passer palestinien ;
- la participation à une scène de tir sur la « ligne verte » ;
- les bombardements avec leurs lots de morts et de blessés dans la population civile ;
- les blessures infligées par une bombe au phosphore ;

- la découverte des massacres des camps de Sabra et de Chatila avec la perte d'êtres chers (Imane) et leurs scènes d'horreur (des enfants, des femmes et des vieillards massacrés) ;
- l'assassinat d'un homme (Joseph-Boutros) ;
- et finalement, la violence ultime, la mort violente.

Militant engagé et agité, Georges suit un chemin de progression dans la violence et, de spectateur, il devient peu à peu acteur de la guerre : « [...] le druze me proposait brusquement de prendre ma part de guerre. » (p. 200)

Au Liban, le jeune metteur en scène subit un véritable choc traumatique et, de retour en France, il semble être victime du syndrome de stress posttraumatique qui touche souvent les soldats, mais également les personnes confrontées à des situations de guerre. Il en présente plusieurs symptômes :

- une incapacité à se réinsérer dans la vie civile et à retrouver les repères du quotidien (il sort, par exemple, sans éteindre le gaz sous le feu) ;
- une stratégie d'évitement. Il refuse de parler de ce qu'il a vécu et a vu à Beyrouth (« Je n'avais pas de mots pour elle. Je lui cachais les morts qu'elle ne saurait jamais », p. 173) ;
- une insensibilité progressive aux sentiments positifs comme l'amour ou l'amitié ;
- la violence à l'égard de ses proches (« J'ai voulu la prendre dans mes bras ou l'étrangler », p. 177) ;

- un comportement obsessionnel et compulsif (« Je découpais les articles de journaux, je les soulignais entièrement, ligne après ligne », p. 178) ;
- la pénétration de l'image de la mort dans le psychisme avec des flashbacks et des comparaisons morbides. Il ne peut voir sa fille sans repenser aux enfants morts de Chatila.

Il erre donc physiquement et psychiquement. Le style de Chalandon transcrit ce comportement erratique et obsessionnel. Dans les chapitres consacrés au retour, les phrases sont courtes ; le pronom de la première personne du singulier est omniprésent ; les dialogues sont inexistants et remplacés par le style indirect libre.

Finalement, bien qu'il tente de se soigner, l'esprit de Georges prend totalement ses distances avec la réalité – trop brutale – et se dissocie des actes qu'il commet, comme un acteur le ferait pour incarner son personnage.

# PISTES DE RÉFLEXION

## QUELQUES QUESTIONS POUR APPROFONDIR SA RÉFLEXION...

- Dans la quatrième de couverture de la première édition d'*Antigone* (éditions de la Table ronde, 1946), Anouilh écrit : « L'*Antigone* de Sophocle [...] Je l'ai réécrite à ma façon, avec la résonance de la tragédie que nous étions alors en train de vivre. » Analysez et commentez la phrase en établissant un parallèle avec *Le Quatrième Mur*.
- Citez d'autres pièces de théâtre emblématiques de la Résistance. Pour chacune, précisez le contexte dans lequel elles ont été écrites, puis mises en scène.
- Relevez les références à des pièces de théâtre présentes dans *Le Quatrième Mur*. Précisez en quoi elles viennent éclairer la compréhension des personnages et de l'action du roman.
- Dans son roman, Sorj Chalandon fait dire à son personnage, Georges : « Antigone était de tous les temps. De notre actualité. » (p. 66) Analysez et commentez en vous appuyant sur l'exemple du *Quatrième Mur*.
- Quelle est la signification de l'expression arabe *ahlan wa sahlan* (formule de salutation) ? Relevez toutes les fois où cette phrase est prononcée devant Georges. Selon vous, qu'est-ce que cela dit de l'évolution du personnage principal du roman ?

- À plusieurs reprises, Sorj Chalandon utilise les prénoms des personnages d'Antigone au lieu d'utiliser les prénoms des acteurs de la pièce que tente de monter Georges. Relevez-en quelques exemples. Qu'en concluez-vous ?
- Qu'elle soit physique ou symbolique, analysez la notion de frontière dans le roman de Sorj Chalandon.
- Établissez un parallèle entre Georges et Bardamu, le personnage principal de *Voyage au bout de la nuit* de Louis-Ferdinand Céline (écrivain français, 1894-1961). Quels sont leurs différences et leurs points communs ? Quelle image ces romans donnent-ils des hommes qui reviennent de la guerre ? Enrichissez votre réflexion avec d'autres exemples issus de vos lectures d'œuvres de fiction ou d'articles de presse.

# POUR ALLER PLUS LOIN

## ÉDITION DE RÉFÉRENCE


- CHALANDON S., *Le Quatrième Mur*, Paris, Grasset, 2013.

# Retrouvez notre offre complète sur lePetitLittéraire.fr

- des fiches de lectures
- des commentaires littéraires
- des questionnaires de lecture
- des résumés

**Anouilh**
- Antigone

**Austen**
- Orgueil et Préjugés

**Balzac**
- Eugénie Grandet
- Le Père Goriot
- Illusions perdues

**Barjavel**
- La Nuit des temps

**Beaumarchais**
- Le Mariage de Figaro

**Beckett**
- En attendant Godot

**Breton**
- Nadja

**Camus**
- La Peste
- Les Justes
- L'Étranger

**Carrère**
- Limonov

**Céline**
- Voyage au bout de la nuit

**Cervantès**
- Don Quichotte de la Manche

**Chateaubriand**
- Mémoires d'outre-tombe

**Choderlos de Laclos**
- Les Liaisons dangereuses

**Chrétien de Troyes**
- Yvain ou le Chevalier au lion

**Christie**
- Dix Petits Nègres

**Claudel**
- La Petite Fille de Monsieur Linh
- Le Rapport de Brodeck

**Coelho**
- L'Alchimiste

**Conan Doyle**
- Le Chien des Baskerville

**Dai Sijie**
- Balzac et la Petite Tailleuse chinoise

**De Gaulle**
- Mémoires de guerre III. Le Salut. 1944-1946

**De Vigan**
- No et moi

**Dicker**
- La Vérité sur l'affaire Harry Quebert

**Diderot**
- Supplément au Voyage de Bougainville

**Dumas**
- Les Trois Mousquetaires

**Énard**
- Parlez-leur de batailles, de rois et d'éléphants

**Ferrari**
- Le Sermon sur la chute de Rome

**Flaubert**
- Madame Bovary

**Frank**
- Journal d'Anne Frank

**Fred Vargas**
- Pars vite et reviens tard

**Gary**
- La Vie devant soi

**Gaudé**
- La Mort du roi Tsongor
- Le Soleil des Scorta

**Gautier**
- La Morte amoureuse
- Le Capitaine Fracasse

**Gavalda**
- 35 kilos d'espoir

**Gide**
- Les Faux-Monnayeurs

**Giono**
- Le Grand Troupeau
- Le Hussard sur le toit

**Giraudoux**
- La guerre de Troie n'aura pas lieu

**Golding**
- Sa Majesté des Mouches

**Grimbert**
- Un secret

**Hemingway**
- Le Vieil Homme et la Mer

**Hessel**
- Indignez-vous !

**Homère**
- L'Odyssée

**Hugo**
- Le Dernier Jour d'un condamné
- Les Misérables
- Notre-Dame de Paris

**Huxley**
- Le Meilleur des mondes

**Ionesco**
- Rhinocéros
- La Cantatrice chauve

**Jary**
- Ubu roi

**Jenni**
- L'Art français de la guerre

**Joffo**
- Un sac de billes

**Kafka**
- La Métamorphose

**Kerouac**
- Sur la route

**Kessel**
- Le Lion

**Larsson**
- Millenium I. Les hommes qui n'aimaient pas les femmes

**Le Clézio**
- Mondo

**Levi**
- Si c'est un homme

**Levy**
- Et si c'était vrai…

**Maalouf**
- Léon l'Africain

**Malraux**
- La Condition humaine

**Marivaux**
- La Double Inconstance
- Le Jeu de l'amour et du hasard

**Martinez**
- Du domaine des murmures

**Maupassant**
- Boule de suif
- Le Horla
- Une vie

**Mauriac**
- Le Nœud de vipères

**Mauriac**
- Le Sagouin

**Mérimée**
- Tamango
- Colomba

**Merle**
- La mort est mon métier

**Molière**
- Le Misanthrope
- L'Avare
- Le Bourgeois gentilhomme

**Montaigne**
- Essais

**Morpurgo**
- Le Roi Arthur

**Musset**
- Lorenzaccio

**Musso**
- Que serais-je sans toi ?

**Nothomb**
- Stupeur et Tremblements

**Orwell**
- La Ferme des animaux
- 1984

**Pagnol**
- La Gloire de mon père

**Pancol**
- Les Yeux jaunes des crocodiles

**Pascal**
- Pensées

**Pennac**
- Au bonheur des ogres

**Poe**
- La Chute de la maison Usher

**Proust**
- Du côté de chez Swann

**Queneau**
- Zazie dans le métro

**Quignard**
- Tous les matins du monde

**Rabelais**
- Gargantua

**Racine**
- Andromaque
- Britannicus
- Phèdre

**Rousseau**
- Confessions

**Rostand**
- Cyrano de Bergerac

**Rowling**
- Harry Potter à l'école des sorciers

**Saint-Exupéry**
- Le Petit Prince
- Vol de nuit

**Sartre**
- Huis clos
- La Nausée
- Les Mouches

**Schlink**
- Le Liseur

**Schmitt**
- La Part de l'autre
- Oscar et la Dame rose

**Sepulveda**
- Le Vieux qui lisait des romans d'amour

**Shakespeare**
- Roméo et Juliette

**Simenon**
- Le Chien jaune

**Steeman**
- L'Assassin habite au 21

**Steinbeck**
- Des souris et des hommes

**Stendhal**
- Le Rouge et le Noir

**Stevenson**
- L'Île au trésor

**Süskind**
- Le Parfum

**Tolstoï**
- Anna Karénine

**Tournier**
- Vendredi ou la Vie sauvage

**Toussaint**
- Fuir

**Uhlman**
- L'Ami retrouvé

**Verne**
- Le Tour du monde en 80 jours
- Vingt mille lieues sous les mers
- Voyage au centre de la terre

**Vian**
- L'Écume des jours

**Voltaire**
- Candide

**Wells**
- La Guerre des mondes

**Yourcenar**
- Mémoires d'Hadrien

**Zola**
- Au bonheur des dames
- L'Assommoir
- Germinal

**Zweig**
- Le Joueur d'échecs

**Et beaucoup d'autres sur lePetitLittéraire.fr**

www.lepetitlitteraire.fr

ISBN version imprimée : 978-2-8062-5523-5
ISBN version numérique : 978-2-8062-5522-8
Dépôt légal : D/2013/12603/592

Printed in Great Britain
by Amazon

49336050R00030

# EPIC FOOTBALL COMICS

# BELLINGHAM

## THE MIDFIELD DYNAMO

**CLIVE GIFFORD**

ROCKET FOX

First published 2026 by Rocket Fox,
an imprint of Pan Macmillan
The Smithson, 6 Briset Street, London EC1M 5NR
*EU representative:* Macmillan Publishers Ireland Ltd, 1st Floor,
The Liffey Trust Centre, 117–126 Sheriff Street Upper, Dublin 1 D01 YC43
Associated companies throughout the world

Series packaged and designed by Sidonie Beresford-Browne
Written by Clive Gifford; Illustrated by Carl Pearce and Martyn Cain;
Edited by Amy Pimperton; Designed by Peter Clayman and Rachael Fisher

ISBN 978-1-0350-9622-0



1 3 5 7 9 8 6 4 2

A CIP catalogue record for this book is available from the British Library.

Printed and bound in the UK using 100% Renewable Electricity by CPI Group (UK) Ltd

FSC www.fsc.org MIX Paper | Supporting responsible forestry FSC® C116313

# CONTENTS

# ALL ABOUT JUDE

FULL NAME:
**Jude Victor William Bellingham**

BORN:
**Stourbridge, UK**

BIRTHDAY:
**29 June 2003**

HEIGHT:
**1.86 Metres**

POSITION:
**Midfielder**

CURRENT CLUB:
**Real Madrid**

NATIONAL TEAM:
**England**

**JUDE BELLINGHAM IS A SENSATION.** He's one of the best players in world football right now. He can **RUN**, **TACKLE**, make telling **PASSES** and score brilliant **GOALS**, some of them absolute worldies!

- *Last-Minute Overhead Kicks* ✓
- *Diving Headers* ✓
- *Thumping Shots* ✓
- *Crucial Challenges* ✓

Jude is an exciting attacking midfielder who has it all.

This book is all about **JUDE**, his **LIFE**, **FAMILY** and **AMAZING FOOTBALL JOURNEY** so far.

# WHAT MAKES JUDE SO GOOD?

Huge drive and energy. Jude covers every blade of grass during a game.

Even footballers at other big clubs rate Jude as a TOP, TOP player.

Young Spanish midfield star Pedri is the same age as Jude but plays for Real Madrid's fierce rivals, Barcelona. He is impressed with the way that Jude plays in big games and how he is strong but also very skilful, which makes him a very difficult opponent.

Fans agree. In autumn 2025, England fans voted Jude their **PLAYER OF THE YEAR.**

Not bad for someone who was only **22 YEARS OLD.**

# CHAPTER 1 EARLY DAYS

## JUDE AND JOBE

The boys would play for hours until their parents, Denise and Mark, called them in for mealtimes, homework or bed.

NUTS!
Noooo!
Jobe nutmegs Jude. He pushes the ball cheekily between Jude's legs . . .
. . . and looks to be through on goal . . .
Denied!
. . . But Jude lunges and stretches out his long legs to hook the ball away.
Now it's his turn to attack. Can he score the winner?
Goalllllll! YES!
FOUL! Not fair!
Jude scores and the game is over. The pair head indoors. Tomorrow would be a rematch!
Jude! Jobe! Inside NOW!

# THE LEAGUE PYRAMID

**Every country has a system of different leagues of football. The system in England and Wales is separate from those of Scotland or Northern Ireland. It's also very big and complicated with thousands of football teams playing in dozens of leagues.**

At the top of the pyramid is the Premier League containing 20 HUGE clubs. This is where superstar footballers, like many of Jude's England teammates, play.

Below that is the English Football League (EFL). It's made up of three divisions: the Championship, League One and League Two.

Teams in all the leagues can rise (be promoted) or fall (be relegated) by their results each season. When one season ends, the bottom-placed teams start the next season in the league below.

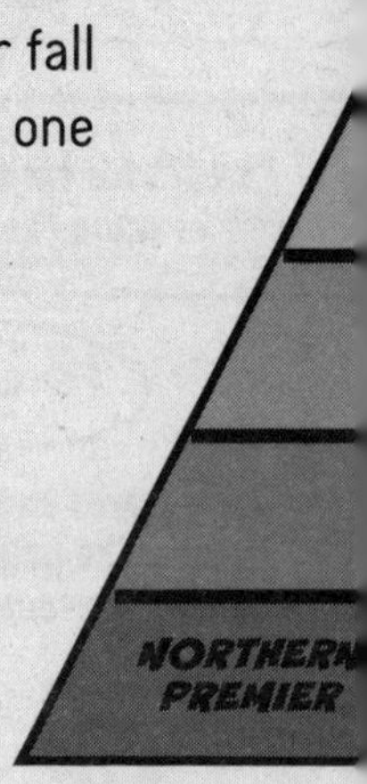

PREMIER LEAGUE
LEVEL 1
CHAMPIONSHIP
LEVEL 2
LEAGUE ONE
LEVEL 3
LEAGUE TWO
LEVEL 4
NATIONAL LEAGUE
LEVEL 5
NATIONAL LEAGUE NORTH
NATIONAL LEAGUE SOUTH
LEVEL 6
SOUTHERN PREMIER CENTRAL
SOUTHERN PREMIER SOUTH
ISTHMIAN PREMIER
LEVEL 7

# WATCHING DAD PLAY

**Mark Bellingham was a sergeant in the West Midlands Police Force. It was a stressful but rewarding job, helping keep local people safe.**

Mark controls the ball and then fires off a powerful shot.
HE SCORES!
Jude always enjoyed the small but noisy crowd chanting his dad's nickname.
Bello! Bello! BELLO!
Bello! Bello! BELLO!
Mark started 44 games that season and scored a whopping 47 times. The total included six hat-tricks in the one season. EPIC!
WHOOOOSH
In the 2008-09 season, the whole Leamington squad scored a total of 114 league goals. Mark and Luke bagged 70 of them!
Leamington were promoted at the end of that season. Mark changed clubs . . . again! He played for more than 20 teams throughout his career . . . and scored over 700 goals.

# FROM WATCHING TO PLAYING

He wasn't so sure about playing football with all the others, though. When the games stopped and Phil or his dad brought out a bag of footballs, he lost interest . . .

. . . but only at first. Within a few weeks, he was enjoying the fun football challenges.
I'll get there first, Jude.
No, I will!
And a few months later, Jude suddenly found he couldn't stop playing.
BOP
BOP
BOP
BANG!

# CUSHIONING

One of the first skills Mark tried to teach Jude was how to cushion the ball. This is all about killing the ball's energy when it travels fast towards you. Good cushioning leaves the ball on the ground near your feet ready for you to take a shot, pass or run with it.

If you don't cushion a pass to you, the ball might bounce away out of your control and fall to an opponent.

There are many different parts of your body you can use to cushion the ball. Not your arms or hands though, otherwise the referee will stop the game to signal a handball.

### SIDESTEP CUSHION

**Make sure you are nicely balanced. When the ball is close to you, move your foot backwards. The foot should be turned at the ankle so the inside face of your boot or trainer makes contact with the ball.**

### THIGH CUSHION

**Raise your upper leg so it's parallel or almost parallel with the ground. As the ball arrives, pull your leg down and back to absorb its energy. The ball should drop down in front of your feet.**

### CHEST CUSHION

**Set your feet nice and wide apart. You can also stick your arms out to help you balance. As the ball comes to you, lean backwards to soften its impact. Keep your eyes on the ball all the time.**

You can practise cushioning with a friend throwing or kicking the ball to you, or even practise on your own by bouncing the ball off a wall.

# FOOTBALL HEROES

Jude gathered a lot of football idols he looked up to as he began his journey towards football stardom.

**Jude's first football idol was his dad, Mark. Scoring over 700 goals for more than 20 teams made him a hero.**

As Jude got more into football, he started supporting Birmingham City. In 2011, they made it all the way to the League Cup final. Jude was thrilled when they beat Arsenal 2–1 to win the cup. Three of the team's midfielders that day became Jude's first professional footballing idols.

**ENGLAND**
**Played 125 times for Birmingham City; great passing skills.**

**SWEDEN**
**Played over 200 games on the wing, midfield or as a wingback.**

**ENGLAND**
**Tough-tackling midfielder who once held the record for the most yellow cards in the Premier League!**

Jude also admired Cristiano Ronaldo for his outrageous skills and strong will to win. At the time, he was playing for Manchester United.

**PORTUGAL**
**Goalscoring phenomenon with over 800 goals for his clubs (Sporting Lisbon, Manchester United, Real Madrid, Juventus and Al-Nassr), and more than 140 for his country.**

Jude's dad had bought a Zinedine Zidane shirt on holiday and often wore it round the house. When young Jude asked who he was, Mark suggested he look on YouTube. Jude became hooked by video clips of Zidane's silky passing, attacking flair and crucial goals.

**FRANCE**
**World Cup and Champions League winner, twice voted the best player in the world.**

# JUDE AT SCHOOL

**Jude went to school at Hagley Primary near his home. He had loads of friends there.**

. . . Or politely asking the caretaker, Mr Williams, if he could get their football down from the roof!
Not again, Jude.
Yes. Sorry, Mr Williams.

The teachers all liked Jude. He was bright, worked hard and was polite. Apart from PE with Mr Ayers, his favourite class was English.
HHMM

Jude represented the school at several sports, including cross-country running.
This will help with my stamina for football.
But he was disappointed to be left out of the Year Five cricket team.
Fetch THAT!
THWACK!
Fetch it yourself, Jude.
He practised cricket all summer with his dad in the park. When school started again, he had improved so much that he was one of the best players in the Year Six team.

Whiiiiizzz
In one cricket match, Jude took a spectacular one-handed diving catch. The team managed to reach the national schools finals.
What a catch, Jude!
Jude enjoyed his time at Hagley Primary. When he left for senior school, he wrote in the school leavers' book.
Jude Bellingham
When I grow up I want to be . . .
A professional footballer for Barcelona and England

# BEING A MIDFIELDER

Playing at school and for his club, Jude realized quickly that he loved playing in central midfield. Players there must both attack and defend. They need great tackling and passing skills and the vision to sense space, runs made by teammates and threats from opponents.

Midfielders also need a huge amount of energy and fitness to challenge for the ball, make runs and support attacks for the whole 90 minutes.

As Jude got a little older, Liverpool and England star Steven Gerrard became his role model. He loved how 'Stevie G' was constantly involved in a game with an immense will to win.

Gerrard was an exciting, dynamic box-to-box midfielder. A Liverpool legend, he was brilliant at launching his team's attacks through surging runs or long, accurate passes. He had a big shot on him and scored many goals with powerful, swerving strikes from distance.

# FOOTBALL FORMATIONS

**All football teams are made up of one goalkeeper and ten outfield players. How the outfield players line up to play is called a team's formation. It's often described as the number of defenders, then midfielders, then attackers in a team.**

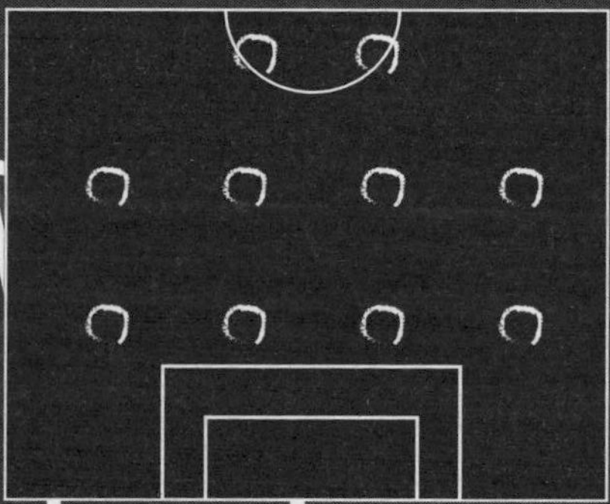

## 4-4-2

**This formation has four defenders, four midfielders, and two strikers upfront.**

## 3-5-2

**This formation has three defenders, and two wingbacks along the touchline who defend and attack. Wingbacks have to be incredibly fit to do both jobs all game.**

## 4-1-4-1

A defensive midfielder helps shield the defence, whilst in attack there is just one striker. This formation relies on midfielders joining attacks.

## 4-3-3

Three midfielders with good technical skills try to control the middle of the pitch and set up the two wingers and striker ahead of them.

# TRAIN TO GAIN

**When he was seven, Jude began playing at the academy of professional club, Birmingham City FC. It didn't take long for the coaches there to see that Jude had talent.**

Jude and the others often practised how to control the ball and shield it in tight spaces from opponents.
Must keep my body between the ball and Jack.
You're not getting it, Jack!

There were lots of quick passing drills and games to play, which were fun and sharpened skills.
And Jude enjoyed the close-control drills like dribbling through cones and one-touch games.
Good rhythm, you two.
That's good, Jude, keep the ball moving. Use both feet.

Best of all were the shooting drills. Jude loved the sound of the ball whistling into the net.
Get in!
Jude, training's over!
The only trouble the coaches had with Jude was him not coming in after training was over. He would often stay out on the pitch, still practising.
Even better than training and practice was playing games. The Under-10s played matches against other teams from the Midlands.
In one match, Jude scored 15 goals . . . in one half!
Jude's coaches were worried he might get bored and not be challenged.
We have to move him up.
So, they moved him into an older age group, the Under-11s.

Whoooah!
Jude was reluctant at first. He'd made good friends in his age group. But after scoring twice in his first U-11 game, versus Nottingham Forest, he settled in brilliantly.
It wasn't long before Jude was moved up again, to the Under-14s who were coached by Mr Dodds, Jude's first coach at the academy.
Hello again.
Jude was now often facing boys far bigger and stronger than he was, but he didn't let that bother him.
He showed fight and desire to use his skill and timing to challenge for the ball successfully. He refused to give in.
Loser!
Great play, Jude!

# TACKLING ... TACKLING

At the Birmingham City Academy, Jude practised hard to improve his tackling. He knew it was important because a good tackle not only stops the other side's attack, it lets you win the ball back for your team.

Jude's coaches worked with him to improve his block tackle. This is the tackle players use the most to rob an opponent and push the ball away from their control.

Flex your knees as you try to get your body low over the ball. Try not to contact the player. If you do, the referee might blow for a foul.

Use the inside of your boot or trainer to make really firm contact with the middle of the ball.

Sometimes, you can flick or roll the ball over their foot.

Move away sharply to get the ball under control. Now, you can look for a pass or run with the ball to start your own team's attacks.

# CHAPTER 2 FIRST-TEAM FOOTBALL

## MOVING ON UP

**As Jude entered his teens, he moved up the year levels at Birmingham Academy. He was only 13 when he was moved up to Birmingham's Under-16 team.**

**He scored . . .**

So were the club's first-team coaches, like Pep Clotet, who came to watch him. They liked his skills and how he rose to every challenge facing him.
Good passing range.
Mature for his age.
When the youth teams played small-sided games, Coach Dodds would sometimes load the team playing against Jude with bigger, stronger players, just to test him.
Or he might pick a team containing one or two more players than Jude's side.
5 v 7 is NOT fair!
Why is he doing this to me?
Jude got angry and refused to talk to Coach Dodds during training sessions. This went on for weeks.

The coach was worried and talked to Jude's mum, Denise. She thought he should carry on.
MD
Be yourself, Jude will come round.
Jude needed challenging to improve. Player and coach were soon friendly again.
Mr Dodds and the other youth-team coaches convinced Jude that he could be three different types of midfielder in one.
You can be a box-to-box midfielder, a number eight, as well.
8
MD
They thought Jude could be a defensive 4, an 8 and an attacking number 10 all in the same game.
10+8+4=22
. . . so that was the shirt number the coaches suggested for Jude.
COOL!
BELLINGHAM
22

Jude was only 14 when he began to take part in first-team training sessions. He came straight from school by taxi to the training ground.
TAXI
What's that schoolkid doing?
He's gonna train with us?!
He surprised some of the older pros with his abilities.
The kid is good.
WHOAH!
He also learned lots from watching experienced players at work.
He backs into the defender then turns round him . . . I'll try that.
On his 16th birthday, Jude signed a two-year scholarship deal with the club. He would be paid £145 a week.
16 TODAY
His goal was to make the first-team squad for the season ahead.

# BIRMINGHAM CITY FC

**FORMED:** 1875

**NICKNAME:**
The Blues

**PREMIER LEAGUE TITLES:** 0

**GROUND:**
St Andrews
(29,409)

**LEAGUE CUP CHAMPIONS:**
Winner 1962-63
& 2010-11

**FA CUP:**
Runners-up 1930-31
& 1955-56

**FAMOUS PLAYERS:**
Trevor Francis, Bob Latchford, Gil Merrick, Obafemi Martins, Emile Heskey

**FAMOUS COACHES:**
Stan Cullis, Steve Bruce, Trevor Francis

**RECORD:**
Birmingham City were the first English club to reach the final of a major European Cup competition, the Inter-Cities Fairs Cup in 1960 and 1961.

# AMAZING FACTS

Birmingham City were involved in the UK's first-ever **MILLION-POUND** transfer. They sold their striker **TREVOR FRANCIS** to Nottingham Forest for **£1,150,000** in **1979**.

The first-ever substitute in English football to come on and score a hat-trick was a Birmingham player. In **1968**, **GEOFF VOWDEN** came on as sub and scored in the **71ST**, **74TH** and **89TH MINUTES** versus Huddersfield Town.

Birmingham's biggest-ever win was a **12-0** thrashing of **WALSALL TOWN SWIFTS** all the way back in **1892**.

The club was originally named Small Heath Alliance, then Birmingham FC in **1905**. They changed their name again to Birmingham City in **1943**.

# RECORD-BREAKING BELLINGHAM

Just before Jude's 16th birthday, Pep Clotet became caretaker manager of Birmingham City. He included Jude in the first team's training camp in Portugal in July 2019, weeks before the new season began.

Jude couldn't wait for the chance to train and play against the adult first-team footballers in practice games. He wanted to see how he measured up.

After returning to England, Jude got to play in several pre-season games for the first time. He scored twice against Swindon Town and hoped he would get selected for the squad for the first league game of the season, in the Championship versus Brentford.

Jude wasn't picked, but three days later he was selected to start for the Blues in the League Cup against Portsmouth. As the game began, 16-year, 38-day-old Jude became a record-breaker – ***BIRMINGHAM'S YOUNGEST-EVER PLAYER!***

He had broken the record set by Trevor Francis back in 1970. Jude knew beating the record of a legendary Blues player was a great achievement.

31 AUGUST 2019

# JUDE'S FIRST GOAL

**Six days after his first Championship appearance off the bench against Swansea, Jude is again on the bench, but this time for a home game, versus Stoke City.**

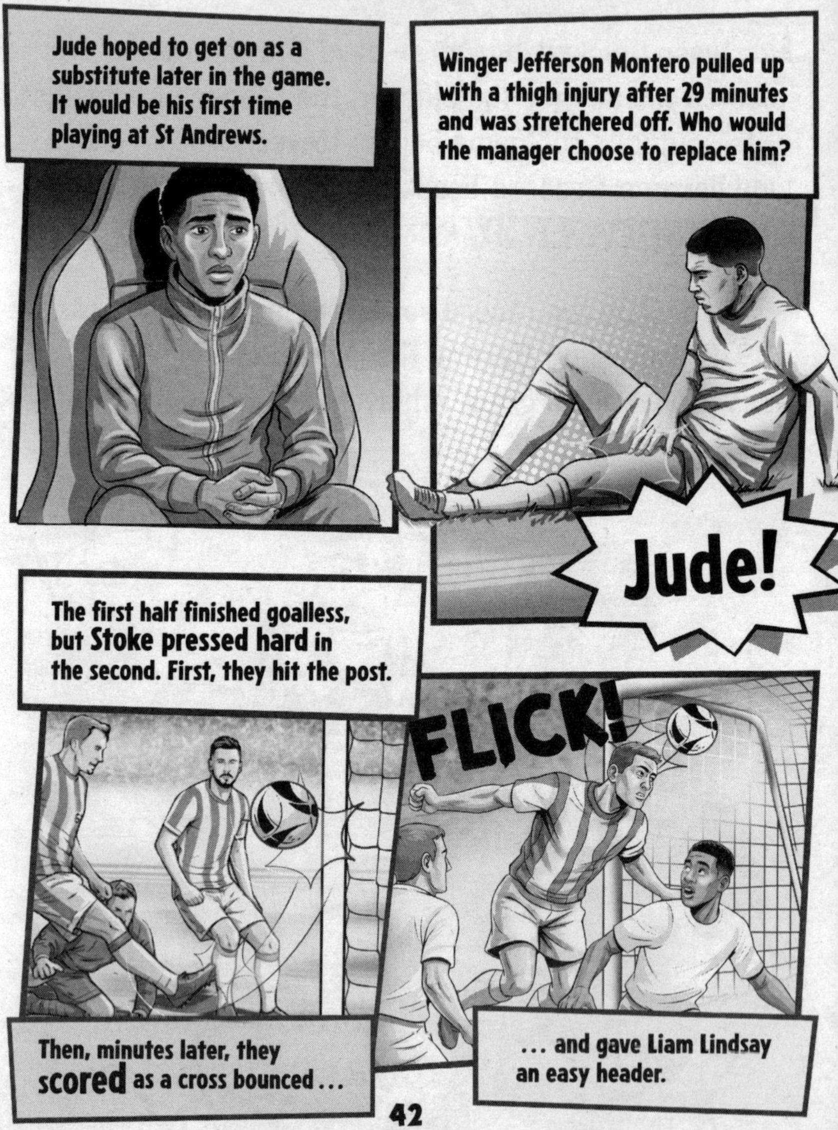

Lukas Jutkiewicz slammed in an equalizer in the 73rd minute.
Three minutes later, Jude drove forwards with the ball, his eyes scanning the pitch ahead.
He was keen to pass, but his teammates weren't free so he took a shot. It wasn't his best strike . . .
. . . but it deflected off the leg of Liam Lindsey in the Stoke defence and wrong-footed Lee Camp in the Stoke goal. Jude had scored . . .
22
24
3
6
. . . and it proved to be the winner!
Juuude!
He attempted a knee slide, but fell over. then jumped to his feet to celebrate in front of the Tilton Stand. In a fraction of a second, he was swamped by delighted teammates and fans.
Jude – at 16 years and 63 days old – had just become Birmingham City's youngest ever goalscorer!

# SUDDEN STOP

2019–20 SEASON

**Jude was loving life as a Birmingham City player. As the season progressed, he found himself picked to start games more often.**

Playing Brentford meant facing Ollie Watkins upfront as well as David Raya in goal.
OOOF!
What a save. I thought we'd scored.
Ow! Ream is so strong.
Against Fulham, Jude was up against the Championship's top-scorer Aleksandar Mitrović and tough defender Tim Ream, who had played 77 times for the USA.
Watching these players at work close-up was a valuable experience, even if Jude was downhearted at a defeat or frustrated by the game ending in a draw.
FWEEEET!
Birmingham 0 vs QPR 2
FINAL Score
Birmingham 0 vs Fulham 1
QPR 2 vs Birmingham 2
FINAL Score
Jude started all five of the Blues' matches in November. Although the team struggled, he shone and won the English Football League (EFL) Young Player of the Month award.

He scored his third goal for the team in a crazy 5-4 defeat to Leeds United in December. He latched onto Maxime Colin's pass at the top of the penalty area, took one silky touch . . .
WHEEEEEEE
. . . then struck the ball elegantly into the corner of the goal.
BANG!
Terrific technique! Kiko Casilla in the Leeds goal had no chance.

In March 2020, the season suddenly stopped. The COVID-19 pandemic saw the UK in lockdown. People had to stay at home and not mix with others. Birmingham wouldn't play any more games until the Championship restarted in June.
Stay at home.
CORONA
It was a frustrating time for everyone, including Jude, as his senior career had just got going. He trained to keep fit and sharp, and got some coaching from sports psychologists as well.
In May, he helped raise money for NHS hospitals by running part of a virtual relay the length of the UK, from Cornwall to Scotland.
Jude, you've already raised over £7,000!
WOW!
Jude ran laps of the pitch at St Andrews.

# FIRST-TEAM SQUADS

Jude had joined Birmingham City's large first-team squad. ONLY EIGHTEEN OF THE PLAYERS COULD BE SELECTED FOR EACH GAME AS THE MATCHDAY SQUAD. **Eleven started the match and the other seven would sit on the bench, hoping to come on as a substitute.**

Different players can be swapped out of matchday squads and extra players promoted from youth teams or loaned in from other clubs. In addition, players can be bought mid-season during the transfer window in January.

In 2019–20, Birmingham City used 32 different players in their league games. Some teams end up using more than 40 players a season.

In the past, football clubs had far smaller squads of players. Birmingham's neighbours, Aston Villa, used just 14 players in their 42 league games in the 1980–81 season, yet still became champions.

Some of Birmingham's young players only played once or twice in 2019–20, but Jude played in 44 games. This included 41 Championship matches – 32 as a starter and 9 as a substitute.

All the players Jude came up against in the Championship that season were older than him, most by many years! THE AVERAGE AGE OF TEAMS IN THE CHAMPIONSHIP WAS 23–29 YEARS OLD. At just 16 years old, Jude was the youngest player in the division and soon, one of the most talked about.

JANUARY -JULY 2020

# JUDE'S BIG MOVE

**Speculation about Jude was building. Birmingham had received offers to buy him in the January transfer window. They had all been turned down.**

When travel was allowed, Jude and his dad visited London, and Chelsea's stadium, Stamford Bridge.
Chelsea's manager at the time, Frank Lampard, met with the pair. He tried to convince Jude to sign for his club.
We have many young players like Reece James and Mason Mount.

Jude, Mark and Denise visited Manchester United whose chief executive Ed Woodward, was very keen to sign Jude.
Hello, Mr Woodward.
Good to meet you, Jude.
Jude was taken around United's training ground at Carrington.
How would I get into that team?
It was packed full of star players.
He was shown around by former manager, Sir Alex Ferguson . . .
. . . and England legend, Bryan Robson.
Even Eric Cantona showed up to say hello. Jude was a huge fan of the Frenchman's flair and skill.

Jude and his parents also had interest from Liverpool, Bayern Munich and another German side. There was a lot to think about and talk over.
Will these big clubs bench me or play me? *I just want to play.*
The family discussed Jude's future for hours and hours.
Where will I get to *play* matches?
It's such a difficult decision!
Which club would be best for his career?

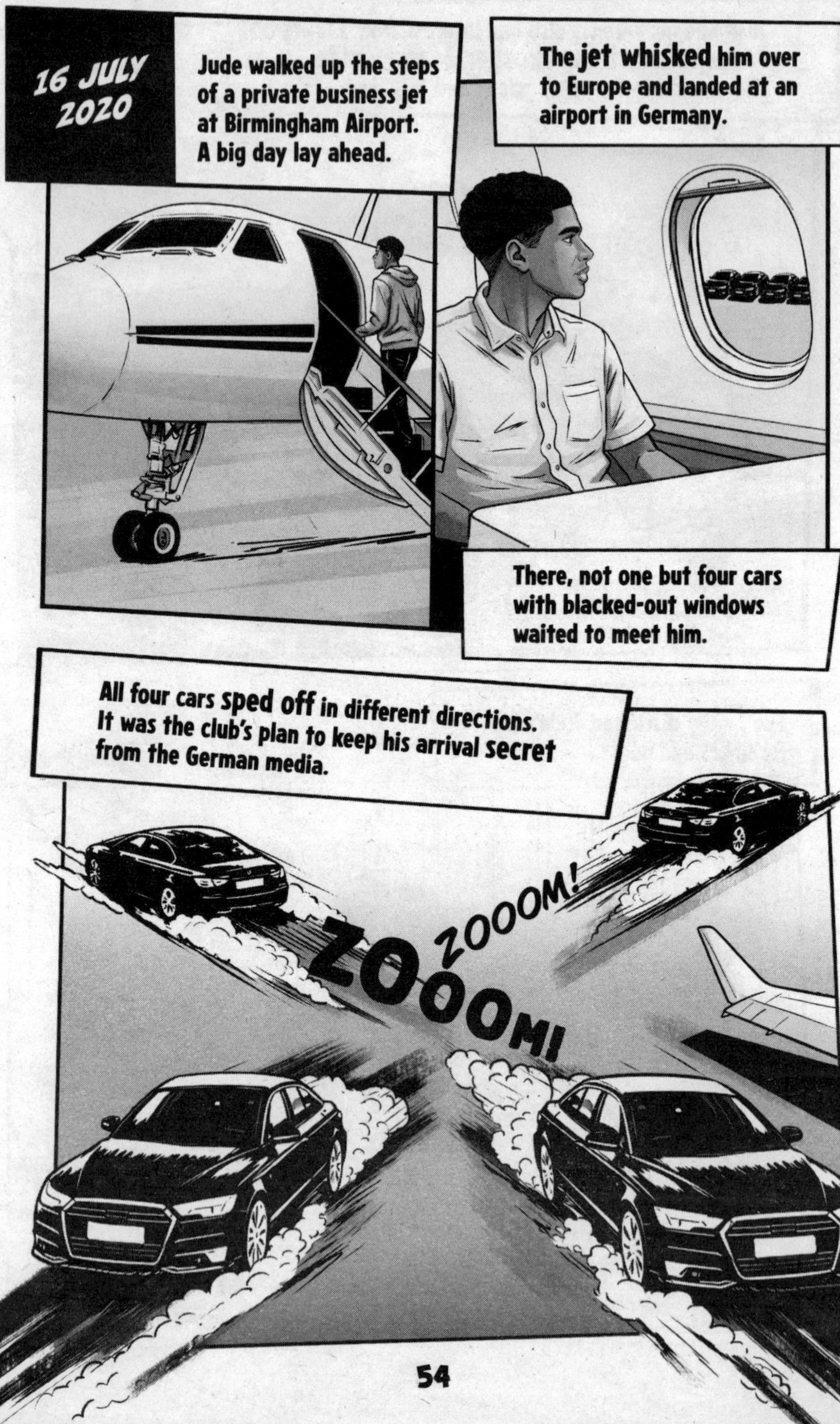
16 JULY 2020
Jude walked up the steps of a private business jet at Birmingham Airport. A big day lay ahead.
The jet whisked him over to Europe and landed at an airport in Germany.
There, not one but four cars with blacked-out windows waited to meet him.
All four cars sped off in different directions. It was the club's plan to keep his arrival secret from the German media.
ZOOOM!
ZOOOM!

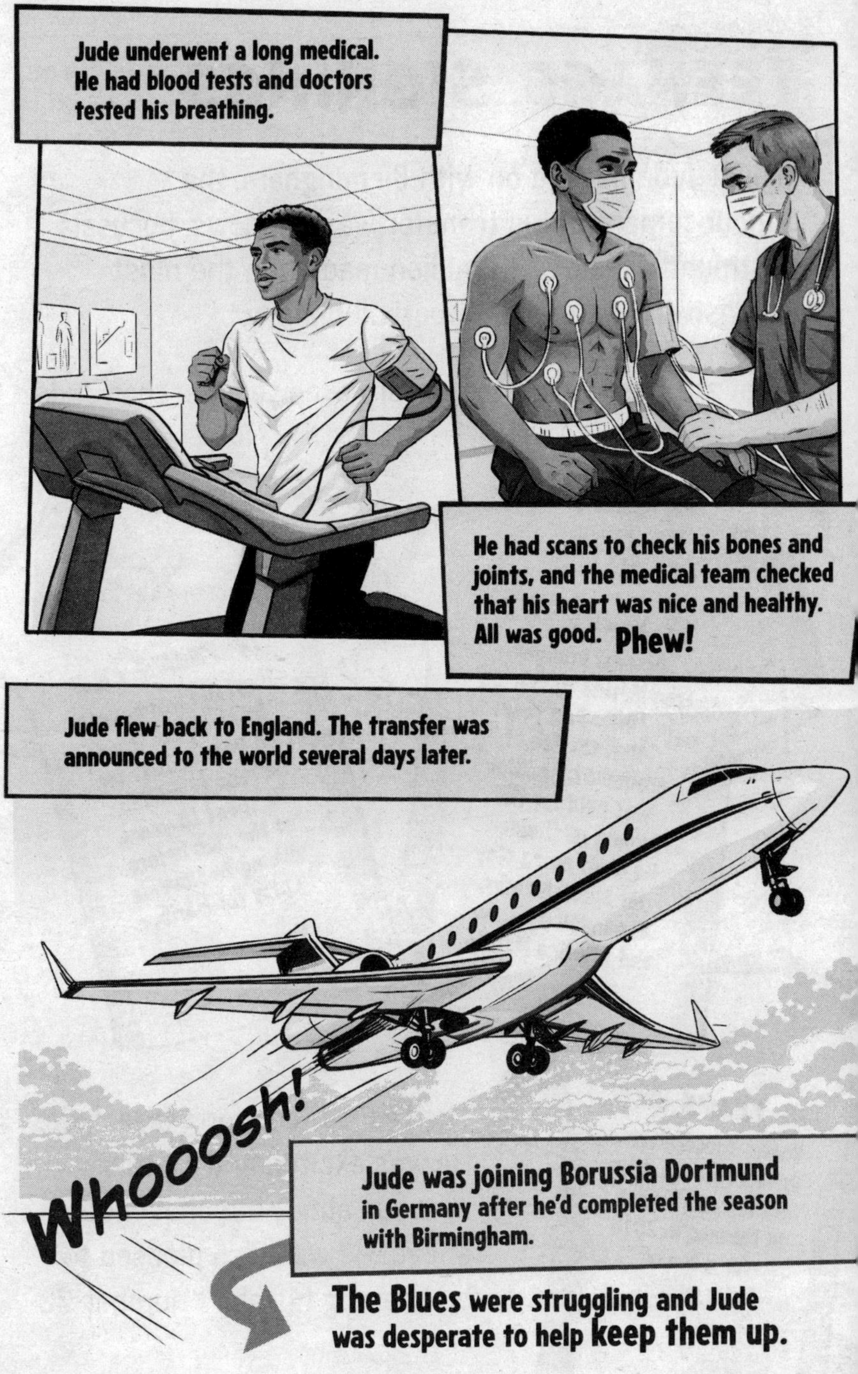
Jude underwent a long medical. He had blood tests and doctors tested his breathing.
He had scans to check his bones and joints, and the medical team checked that his heart was nice and healthy. All was good. Phew!
Jude flew back to England. The transfer was announced to the world several days later.
Whoooosh!
Jude was joining Borussia Dortmund in Germany after he'd completed the season with Birmingham.
The Blues were struggling and Jude was desperate to help keep them up.

# TEENAGE SIGNINGS

Whilst Jude battled on with Birmingham, the announcement of his transfer was big news. Borussia Dortmund's fee of £25 million made him the most expensive 17-year-old in football history.

What are the records for players even younger than Jude?

**15 YEARS OLD**

Arsenal brought Fran Mérida to London in 2005. Two years later, the fee of around £2.2 million was paid for the young midfielder. He went on to play for Spanish clubs, Espanyol, Osasuna and Atlético Madrid.

**14 YEARS OLD**

Sheyi Ojo was bought by Liverpool from MK Dons in 2011 for around £2 million. He spent 10 years at the club before moving to Slovenia to play for Maribor.

**16 YEARS OLD**

Young striker Pietro Pellegri moved from Italian club Genoa to Monaco in 2018 for a fee of £17.5 million.

The record fee didn't faze Jude. He was excited and a little nervous about the challenges ahead. He was also pleased to be keeping his shirt number 22.

In interviews and on social media, Jude thanked Birmingham City and all the staff there, as well as the fans for their support. He especially thanked the academy where he had spent ten happy years developing as a footballer. Birmingham would always be a team close to his heart.

# JULY 2020

# BLUES IN BATTLE

**Three games of the season to go and Birmingham were in trouble. They were on a 12-game winless streak, their manager Pep Clotet had resigned, and the team were falling into a relegation battle at the bottom of the Championship table.**

33 MINS
A poor back pass was seized upon by Blues striker, Lukas Jutkiewicz. He was fouled by the Charlton goalie.
REF! PENALTY!
Scott Hogan stepped up to take the penalty . . . but his shot was saved in stunning fashion by Dillon Phillips.
SAVED!
The ball bounced back out, but Hogan put it over the bar. What a chance!
Noooo!
58 MINS
Jude was still on the bench and powerless as Charlton scored.
Macauley Bonne's scored!

Jude came on as a sub a minute later. He was determined to turn the game around.
On you go, Jude.
BELLINGHAM 22
Jude was everywhere . . .
. . . making tackles or intercepting passes to stop Charlton attacks.
He leapt high to win a header, then charged forwards.
OOOF!
He sprinted into space to receive the ball and start an attack for his team.
The kid is turning the game on his own.
He's amazing, isn't he?
Jude was desperately driving his team forwards.

Charlton were playing a 5-4-1 formation, with just one attacker and lots of players behind the ball so they could defend their lead. They were proving hard to break down.
93 MINS
Time was almost up and the Blues were still 1–0 down. Jude shimmied down the left wing.
He somehow wriggled free of two Charlton defenders, and clipped the ball in hard and low towards the Charlton goal . . .
. . . Lukas Jutkiewicz pounced and knocked the ball in.
GOAL!
PEEEEP!
The draw meant only one point, but Jude had helped stop Charlton from gaining three. The game finished 1–1.

# LAST GAME FOR THE BLUES

22 JULY 2020

**It's the last game of the season and the Blues weren't safe yet. Their visitors, Derby, featured one of Jude's childhood heroes . . . Wayne Rooney!**

**He had just played his last game as a Birmingham player.**

# CHAPTER 3 PLAYING ABROAD

Jude was joining one of the **BIGGEST CLUBS** in Germany.

## BORUSSIA DORTMUND (BVB)

**FORMED:** 1909

**LEAGUE TITLES:** 8

**GERMAN CUPS:** 11

**UEFA CHAMPIONS LEAGUE:**
Winner 1996-97
Runner-up 2012-2013
& 2023-2024

**FAMOUS COACHES:**
Ottmar Hitzfeld, Jürgen Klopp, Thomas Tuchel

**NICKNAME:**
Die Schwarzgelben
(the Black and Yellows)

**GROUND:**
Signal Iduna Park
(81,365)

**FAMOUS PLAYERS:**
Mats Hummels, Marco Reus, Matthias Sammer, Robert Lewandowski, Ousmane Dembélé

**RECORD:**
When Youssoufa Moukoko made his debut for BVB in 2020, he was the youngest-ever player to play in the German Bundesliga. He was just 16 years and 1 day old.

# AMAZING FACTS

**BVB** was the first German side to win an international title. They defeated Liverpool to win the **UEFA CUP WINNERS' CUP** IN **1966**.

The club started out playing in blue and white striped shirts with a red sash. They switched to their famous **BLACK AND YELLOW STRIPED SHIRTS** in **1913**.

The **FIRST-EVER BUNDESLIGA GOAL** was scored by a BVB player – **FRIEDHELM 'TIMO' KONIETZKA** – just 58 seconds into the first game of the first Bundesliga season in **1963**.

Midfielder, **MICHAEL ZORC** played a record **572** times for the club (1981–1998). He captained the club for more than **TEN YEARS**.

The ***REVIERDERBY*** are games between **BVB** and their fiercest rivals, **FC SCHALKE 04**.

# RETIRING NO. 22

In July 2020, shortly after Jude had left Birmingham for Borussia Dortmund, his former club decided to retire his shirt number 22. This meant that Birmingham squads in the future would not have any player wearing that number.

Birmingham City released a statement explaining how Jude had become very important to the club and how they felt retiring his shirt would be a fitting tribute.

Jude was the youngest living professional footballer to have a shirt number retired in his honour. Amazing! He was proud, but a little bit embarrassed by the attention as he felt his football career has barely begun.

Only a handful of shirt numbers have been retired by football clubs. Here are three of the most famous.

Silky Italian defender Paolo Maldini played 902 games for AC Milan over an incredible 25 seasons. When he retired in 2009 at age 41, AC Milan retired the number 3 shirt.

Bobby Moore was captain of the England team that won the 1966 World Cup. He was also a West Ham legend, who played an incredible 647 games for the club over 16 seasons. The club later retired his number 6 shirt in honour of England's best-ever defender.

Bradley Wright-Phillips joined MLS team, New York Red Bulls in 2013. He became the club's all-time leading goalscorer with 126 goals. When he left, the club retired his number 99 shirt forever.

# Jude's New Teammates

Jude had never played in a top league before. He was now in the big time in the Bundesliga. The team he had joined contained two rising young stars as well as several legends of German football. It was an exciting mix!

**JADON SANCHO**
**England**
**Winger**
**Born: 2000**

Fast and tricky, with great dribbling skills, Sancho had lit up the Bundesliga ever since he joined Dortmund in 2017.

**ERLING HAALAND**
**Norway**
**Striker**
**Born: 2000**

Haaland joined Dortmund six months before Jude. A natural goalscorer, he has a wicked shot and is powerful in the air. He scored 16 goals in his first 18 games for Dortmund and 41 goals in 41 games in Jude's first season at the club.

**MARCO REUS**
**Germany**
**Striker**
**Born: 1989**

Reus is fast, slippery and brilliant at finding spaces on the pitch. He was voted the Bundesliga player of the season three times and scored 170 goals for Dortmund.

**MATS HUMMELS**
**Germany**
**Central Defender**
**Born: 1988**

Hummels returned to Dortmund after three seasons at fierce rivals, Bayern Munich. He'd already played 70 times for Germany. He's tall, a great header of the ball and makes crunching tackles and interceptions.

# TRAINING WITH A NEW TEAM

**No time for a rest. Borussia Dortmund were starting their pre-season training just as Jude arrived. He had to throw himself into his new club with its new routines and players.**

Jude needed to know quickly how his teammates played.
WOW, Erling is enormous. Quick reactions, too.
BAM!
He had to appreciate their strengths and weaknesses, so he could learn how to help them in order to win games.
AMAZING!
THWACK!
He noted how fast, fit and skilful his new teammates were.
Oh, that's seriously good.
He would have to step up!

Going up against his new teammates in one-on-one contests and drills was fun. Even though he was just 17 . . .
OOF
This English kid is good.
. . . he was very competitive and confident in his own abilities.
Jude was determined to win the other players over . . .
. . . with his own skills . . .
. . . toughness . . .
Nice tekkers, new boy!
Thanks, Erling.
. . . and quality.

Fellow young England star Jadon Sancho helped him settle in at the start. Sancho had moved to Dortmund three years earlier.
Nice strike, Jude.
WHOOOOSH
Jude fitted in quickly. It helped that the club had a long history of recruiting really young and gifted footballers.
So did scoring in a pre-season game in August against Austria Wien with a cheeky chip over the goalkeeper.
Dortmund won 11-2.
22
Great goal, Jude.
Jude felt ready for the season to start with a bang in September.

# Mum's The Word

When 17-year-old Jude moved to Borussia Dortmund, his mum, Denise, moved with him to Germany. His dad stayed in England with Jobe, who was still at Birmingham City.

It was a tough decision as the family were close. Jude missed his dad and brother, but kept in touch all the time.

Jude and Denise shared an apartment in Germany. She did everything for him so he could concentrate on football.

At an England camp when he admitted to teammates that his mum still made his bed for him, the rest of the team took the mickey out of him for days!

And two months later, Denise really saved the day. Jude's teammates were all flying out to Marbella in Spain for a warm weather training camp. Jude was at Dortmund Airport about to take his flight when he realized he'd forgotten his passport! A quick call to his mum saw her race to the airport with his passport to save his embarrassment.

In many interviews, Jude goes out of his way to praise his mum, as he should! He rates her influence on his career as **GREATER** than any coach or manager.

# IN THE CUP

For top clubs in Germany, the first important match of the season is often a cup game. The DFB-Pokal is German football's most important cup competition – a little like the FA Cup. It was first held in 1935 and the first round of the competition starts in August (September in 2020, due to COVID-19).

Every year, 64 teams take part including: all the Bundesliga teams, the teams in Bundesliga 2 (the division below), the top four teams of Bundesliga 3, and 21 cup-winning regional sides. The final three teams are from regional football associations. Since 1985, the final has been played in Berlin's magnificent Olympiastadion, which currently holds 74,475 fans.

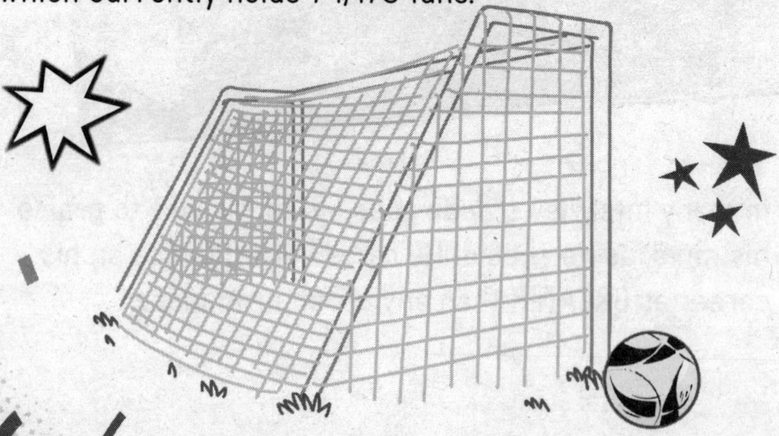

So far, 26 different clubs have won the cup. The most successful are:

**GERD MÜLLER** is the record scorer in the competition with **78 GOALS** in just **62 GAMES**.

There have been hundreds of close games, but also a few thrashings. The biggest of all was in 1941 when Stuttgarter Kickers beat VfB 05 Knielingen 17–0. **OUCH!**

# DORTMUND DEBUT

Just as for Birmingham, Jude's first competitive game for his new club was in a cup competition – this time, the DFB-Pokal. Dortmund faced lower league side **MSV Duisburg** and were **expected to win**. Jude was confident about his team's chances.

A minute later, Jude made three passes during an intricate team move that saw the ball crossed into the penalty area. He sprinted into space, calling for the ball.

He was, at the time, Dortmund's youngest goalscorer – just 17 years and 77 days old.

| MSV Duisburg | | BVB Dortmund |
|---|---|---|
| 0 | VS | 5 |
| | FINAL Score | |

Jude was up and running in Germany!

# CUP RUN

That win over MSV Duisburg was just the start. Borussia Dortmund went on a great DFB-Pokal cup run in the 2020–21 season.

Jude played in the second round, away at Eintracht Braunschweig. Goals from Mats Hummels and Jadon Sancho saw Dortmund win 2–0. The second round contained a shock. Cup holders and favourites Bayern Munich were knocked out by Bundesliga 2 side, Holstein Kiel.

Dortmund had a shock themselves in the third round, against SC Paderborn 07, a lower league side. Paderborn came back from 2–0 down to make it 2–2 and take the game into extra time. Jude watched nervously from the bench until Erling Haaland scored the winner.

After a 1–0 win over Borussia Mönchengladbach, Dortmund played giant-killers, Holstein Kiel, in the semi-finals. Jude's team showed no mercy, going 5–0 up in the first half. Jude scored the fifth goal, rifling in a shot from outside the penalty area.

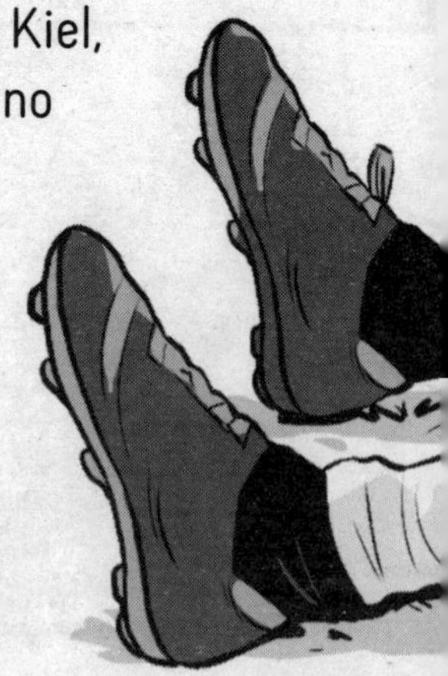

In the final, Jude's instructions were to supply Sancho with passes and join attacks when he could. Jadon scored after just five minutes and Dortmund didn't look back, winning 4–1.

Jude had played in all six rounds of the Cup and won his first senior trophy.

# THE BUNDESLIGA

The Bundesliga is the top division of football in Germany. Unlike the English Premier League, which contains 20 teams, there are 18 Bundesliga sides. Each club plays 34 league games a season.

The Bundesliga winners lift the famous *Meisterschale* (Champions Bowl) trophy. Most players call it, 'the salad bowl' because it looks a little like one!

Gerd Müller is the Bundesliga's all-time top scorer with 365 goals.

Robert Lewandowski scored the most goals in a single Bundesliga season: 41 in 2020–21.

Thirteen different clubs have won the Bundesliga. Bayern Munich are the most dominant. They have been champions a record 33 times.

Bayern were champions 8 seasons in a row by 2020. In 2014, they had been so dominant, they won the league with seven games still to play.

Jude had joined Germany's second-most successful team. Dortmund had been champions five times and finished in second place nine times. in 2010–11 and 2011–12, They were the last team to win the Bundesliga before Bayern won it 11 times in a row. At that time Jürgen Klopp was Dortmund manager.

Dortmund holds another record the club wishes it didn't . . . the Bundesliga's biggest thrashing. It came in 1978, when Borussia Mönchengladbach beat them 12–0. **Ouch!**

# The UEFA Champions League

This competition began as the European Cup in 1955–56, with Real Madrid the first winners. It has blossomed into the biggest prize in club football. Teams get a cool £1.8 million just for winning a group game and the champions each year may make more than £100 million!

Twenty-four clubs have won the competition . . . including Borussia Dortmund. They defeated Juventus 3–1 in the 1996–97 final.

### CHAMPIONS MOST TIMES

| CLUB | CHAMPIONS | RUNNERS-UP |
|---|---|---|
| Real Madrid | 15 | 5 |
| AC Milan | 7 | 4 |
| Bayern Munich | 6 | 5 |
| Liverpool | 6 | 4 |
| Barcelona | 5 | 3 |
| Ajax | 4 | 2 |

# RECORD HOLDERS

### FASTEST GOAL

Roy Makaay (10.12 Seconds) For Bayern Munich v Real Madrid In 2007.

### YOUNGEST CAPTAIN TO SCORE IN A CHAMPIONS LEAGUE MATCH

Jude Bellingham (19 years, 98 days) Sevilla v Dortmund (October 2022).

### YOUNGEST ENGLISH PLAYER TO START A CHAMPIONS LEAGUE GAME

Jude Bellingham (17 years, 113 days) v Lazio (October 2020).

### MOST GOALS IN A GAME

12, Borussia Dortmund 8–4 Legia Warsaw, in 2016.

### YOUNGEST PLAYER TO MAKE 40 CHAMPIONS LEAGUE APPEARANCES

Jude Bellingham (21 years, 164 days) in December 2024.

14 APRIL 2021

# CHAMPIONS LEAGUE RECORD-BREAKER

**Jude was 17 years, 289 days old and in the second leg (game) of a UEFA Champions League quarter-final. Dortmund's opponents were Manchester City. But Jude was still frustrated about the first leg, a week earlier.**

Dortmund needed a fast start in the second game. In the 15th minute, Erling Haaland controlled a long ball and passed it back for Mahmoud Dahoud to shoot.

Sadly for Jude and his teammates, Manchester City rallied and won 2–1. But Jude had enjoyed his brief taste of Champions League glory and couldn't wait for more in future seasons.

## The Yellow Wall

Throughout his time in Germany, Jude was blown away by the crowds at Borussia Dortmund's stadium. As Germany's biggest football stadium, it has hosted Euros matches, and FIFA World Cup games in 1974 and 2006.

The ground holds almost three times as many fans as Birmingham's St Andrews stadium. It was the biggest club stadium Jude had played in and the fans there quickly warmed to their young midfield dynamo.

Up to 25,000 fans stand on the ground's southern terrace. Most wear yellow Dortmund tops or fly yellow and black banners to form Dortmund's 'Yellow Wall'. When the fans are all cheering or singing, the noise is deafening!

# RACE FOR THE TITLE

**Dortmund had finished third in the Bundesliga in Jude's first season and runners-up in his second. Could they go one better in 2022–23? Could it be third time lucky?**

**The team suffered several niggling defeats including a 2–0 loss to surprise Bundesliga leaders, Union Berlin.**

But as the winter break approached, Dortmund lay sixth, a long way off the leaders, Bayern.
1 Bayern Munich 16 36 35
2 Frankfurt 16 11 30
3 Union Berlin 16 6 30
4 Freiburg 16 2 30
5 Leipzig 16 9 29
6 Dortmund 16 5 28
7 Wolfsburg 16 16 16
Dortmund won their first match after the winter break and then the next . . . and the next!
1 Bayern Munich 23 44 49
2 Dortmund 23 19 49
3 Union Berlin 23 8 44
4 Leipzig 23 17 42
5 Freiburg 23 3 42
6 Frankfurt 23 12 39
7 Mainz 23 4 35
Dortmund seem unstoppable, winning eight games in a row and racing up the table.
Jude was covering huge ground in every game as he both defended and attacked.
OOF!
He would end the season having covered more distance (322 km) than any other Dortmund player.
He was also scoring freely. Two goals came against Eintracht Frankfurt . . .
. . . followed by two more versus Vfl Wolfsburg a couple of games later. The first goal was an absolute thunderbolt.
BOOM!

The Dortmund crowd loved his goals, effort, skill and desire to win.
Heyyyy, Juuuude!
Jude's team and Bayern went neck and neck for the rest of the season.
LAST MATCH
DORTMUND 70
BAYERN MUNICH 68
Jude was on the bench after injuring his knee in Dortmund's previous game. His team were two points clear. If they beat Mainz, or Bayern didn't win their game against Köln, Dortmund would be champions. Sounded simple . . .
. . . It was anything but. After 15 minutes, Bayern were 1–0 up and Dortmund 1–0 down. After 25 minutes, it was worse. Dortmund were losing 2–0 to Mainz and had missed a penalty.
Haller, Noooo!

Things got better in the second half. Köln equalized and so did Dortmund! If the scores ended like this, Dortmund would be champions. Jude still urged his team on to find a winner.
Good tackle, Emre!
Jamal Musiala, Jude's old friend from his England Under-15 days came on for Bayern. Jude's heart sank when he heard Musiala had scored the winner in the 89th minute.
YEAH!
Bayern and Dortmund finished equal on 71 points, but Bayern's better goal difference made them champions.
Jude sat on the pitch with coach, Edin Terzić, devastated by the cruel end to the season.

# All The Awards

Jude was bitterly disappointed about failing to win the Bundesliga. At least he could console himself with a number of awards and individual honours.

He was awarded ESPN's Midfielder of the Year and the VFV Player of the Year voted for by all the professional footballers in Germany.

He also won the highly-prized Bundesliga Player of the Season. His old teammate, Erling Haaland, had won it two years earlier.

### BUNDESLIGA PLAYER OF THE SEASON

**2019-20** Robert Lewandowski *(Bayern Munich)*
**2020-21** Erling Haaland *(Borussia Dortmund)*
**2021-22** Christopher Nkunku *(Red Bull Leipzig)*
**2022-23** Jude Bellingham *(Borussia Dortmund)*
**2023-24** Florian Wirtz *(Bayer Leverkusen)*
**2024-25** Harry Kane *(Bayern Munich)*

Two further awards came Jude's way. The Golden Boy is a trophy given each year to the best male footballer, 20 years old or younger, playing in Europe's top leagues like the Bundesliga and Spain's La Liga. Top players like Pedri, Kylian Mbappé, Lionel Messi and Wayne Rooney – one of Jude's childhood heroes – had won it in the past.

Jude was honoured to receive the award as well as the Kopa Trophy for the best Under-21 footballer in the world – another great honour.

CHAPTER 4 MOVING TO MADRID

# JUDE GOES GALÁCTICO

Real Madrid are a giant football club in Spain. They have long been famous for paying BIG money to sign BIG name players. These are nicknamed Galácticos (Galactics). In June 2023, Jude became one of them!

The club bought Jude for €103 million – that's around £88.5 million. That fee could rise to as high as £115 million if Jude played a certain number of games and if Real won competitions. That figure would make Jude Britain's most expensive footballer. **WOW!**

In interviews, Jude admitted he had talked to other teams but once Real Madrid came calling, he knew he had to go. He was excited to join such a big club and get the opportunity to play with such famous players.

Jude and his mum moved to Spain. An exciting new chapter of their life was about to start.

**ZINEDINE ZIDANE**

€73.5 million
From: Juventus, 2001

**DAVID BECKHAM**

€37.5 million
From: Man Utd, 2003

**CRISTIANO RONALDO**

€94 million
From: Man Utd, 2009

**GARETH BALE**

€100 million
From: Spurs, 2013

**EDEN HAZARD**

€115 million
From: Chelsea, 2019

**AURÉLIEN TCHOUAMÉNI**

€80 million
From: Monaco, 2022

Real Madrid are one of the biggest clubs in the world. They are definitely the most successful.

# REAL MADRID CF

***FORMED:*** 1902

***LEAGUE TITLES:*** 36

***SPANISH CUPS:*** 35

***UEFA CHAMPIONS LEAGUE:*** 15
***UEFA CUP:*** 2
***FIFA WORLD CLUB CUP:*** 5

***FAMOUS COACHES:***
Miguel Muñoz, Vicente del Bosque, Zinedine Zidane, Carlo Ancelotti

***NICKNAME:***
Los Blancos
(The Whites)

***GROUND:***
Santiago Bernabéu
(83,186)

***FAMOUS PLAYERS:***
Zinedine Zidane, Cristiano Ronaldo, Alfredo di Stéfano, Luka Modrić, Raúl.

***RECORD:***
In 2025, they became the first club to play 500 Champions League matches when defeating local rivals Atlético Madrid 2-1.

# AMAZING FACTS

Real Madrid held the **WORLD'S HIGHEST TRANSFER FEE RECORD** for **16 YEARS** (2000–2016).

Spanish striker **RAÚL** played a record **741 GAMES** for the club between **1994** and **2010**.

Goal machine **CRISTIANO RONALDO SCORED 450 TIMES** for the club in just **438 GAMES**. Legend!

The club's **FIRST-EVER GOAL** was scored by a Scotsman, **ARTHUR JOHNSON.** He used to play as a goalie and as a striker!

**SERGIO RAMOS** holds Europe's red card record. The defender was **SENT OFF 26 TIMES** as a **REAL MADRID** player.

# JULY 2023 A STRONG START

**Real Madrid had a squad stuffed with star players. Jude knew he had to win them and the coaches over in pre-season and early season to prosper.**

Jude was wowed by his teammates' abilities in training and their dedication.
OOF
Wow, Carvajal is so strong.
And Vinícius Jr. is so quick!
ZOOM
He was also impressed with some players' pace and trickery.
He knew he could learn lots from amazing veterans like Toni Kroos and Luka Modrić.
Nice play, Jude.
Thanks, Luka.
PASS

In late July, the team flew to the USA to take part in four pre-season games called the Soccer Champions Tour.
Mum bring your passport, Jude?
Very funny, Viní!
Madrid's second game was versus Manchester United in the city of Houston.
Great ball, Toni!
WHEEEEEEEEEEEEEE
In the sixth minute, defender, Antonio Rüdiger spotted Jude making a run and played the ball long out of defence.
With one deft touch, Jude controlled the ball then sent a delicious chip over United goalkeeper André Onana for his first goal for Los Blancos.
It's Bellingham!

Jude tried to play it cool as his teammates hugged him. Inside, he was delighted with the goal and, later, his man of the match award, after Madrid won 2-0.
La Liga, the Spanish league, kicked off two weeks later. Madrid were away to Athletic Bilbao for the first game, and Jude was in the starting 11.
Here we go. My first *real game.*
In the 36th minute, David Alaba swung a corner out to the far corner of the penalty aread. There, Jude was waiting . . .

Jude's shot wasn't the best.
He scuffed the ball into the ground but it ballooned up over Unai Simón in the Bilbao goal and into the net.
THWACK!
BELLINGHAM 5
OOF
GOAL
Jude had scored on his debut!
Then, he scored twice in his second game, versus Almería.
BLAST
And a great run and close-range header in his third match won the game against Celta Vigo.

With 90 minutes up, a 1–1 draw seemed certain.

# Scoring Streaks

Jude had started his Real Madrid career with a scoring streak. He was only the third-ever Real Madrid player to score in each of his first four games. The last had been Cristiano Ronaldo in 2009.

The goals continued. After 10 games for Real Madrid, Jude had scored 10 goals. That's a great return for any top striker, but even more incredible for a young midfielder.

Scoring streaks in top leagues rarely go beyond a few games in a row as the defending is too good. But three great players have scored again and again to create record-breaking scoring runs.

## JAMIE VARDY

**Vardy scored in 11 Premier League games in a row in 2015-16 to create an English record. Vardy's 24 goals that season were a big part of Leicester City becoming surprise Premier League champions.**

## GERD MÜLLER

**The German goal machine scored in 16 Bundesliga games in a row for Bayern Munich in the 1969-70 season.**

## LIONEL MESSI

**The Argentinlan magician had an epic 2012-13 season. He scored in an amazing 21 La Liga matches in a row for Barcelona. In the first six of those games, he scored two goals in every game!**

# TOP Teammates

Jude's goals and performances helped him settle into life as a Real Madrid superstar. It helped having friendly, helpful teammates, too. Brahim Díaz and Lucas Vázquez, for example, often acted as translators, as most of the conversations and instructions at the club are in Spanish.

Jude was grateful for everyone's help and also marvelled at the quality in the Real Madrid squad. He was playing alongside some truly elite footballers.

**Spectacular, shot-stopping goalkeeper with quick reflexes. He's 2 metres tall and commands his penalty area well.**

***THIBAUT COURTOIS***
**Belgium, born: 1992**

***DANI CARVAJAL***
**Spain, born: 1992**

**Tough-tackling right-fullback who supports teammates in attack and is a wicked crosser of the ball. Teammates reckon he's a natural leader.**

### AURÉLIEN TCHOUAMÉNI
**FRANCE, BORN: 2000**

All-action defensive midfielder who can also play in central defence. Tactically smart and loves to tackle, head and challenge for the ball.

### LUKA MODRIĆ
**Croatia, born: 1985**

Long-serving veteran playmaker with a great tactical brain. He has superb vision, is an expert passer and played over 480 games for the club before Jude arrived.

### VINÍCIUS JR.
**Brazil, born: 2000**

Extremely fast, a mazy dribbler and big attacking threat. A livewire on and off of the pitch. Was awarded FIFA's Best Player in the World for 2024.

# EL CLÁSICO

## MADRID v BARCELONA

Only three clubs have never been relegated from the top division of La Liga. One of them is Athletic Bilbao and the other two are the fiercest rivals in club football: Barcelona and Jude's new club, Real Madrid.

These two sides are the biggest, most successful clubs in Spain. Between them, they have won 64 La Liga titles. All the other teams have won the competition only 30 times in total.

Most of Spain stops and watches every time the two teams meet – a match known as El Clásico. And it's not just in Spain; El Clásico games are viewed avidly by hundreds of millions of football fans on TV and the internet all around the world.

Fans of both clubs have plenty to boast about. Barcelona have the all-time leading El Clásico scorer – Lionel Messi with 26 goals. But Real Madrid are the proud holders of the biggest thrashing, beating Barcelona 11–1 in 1943.

And in 263 official games up to February 2026, Madrid hold the slenderest of winning margins. they have 106 wins to Barcelona's 105 with 52 games drawn.

Many consider each El Clásico as the biggest game in club football. So, Jude was thrilled to take part in his very first . . .

28 OCTOBER 2023

# JUDE'S FIRST El Clásico

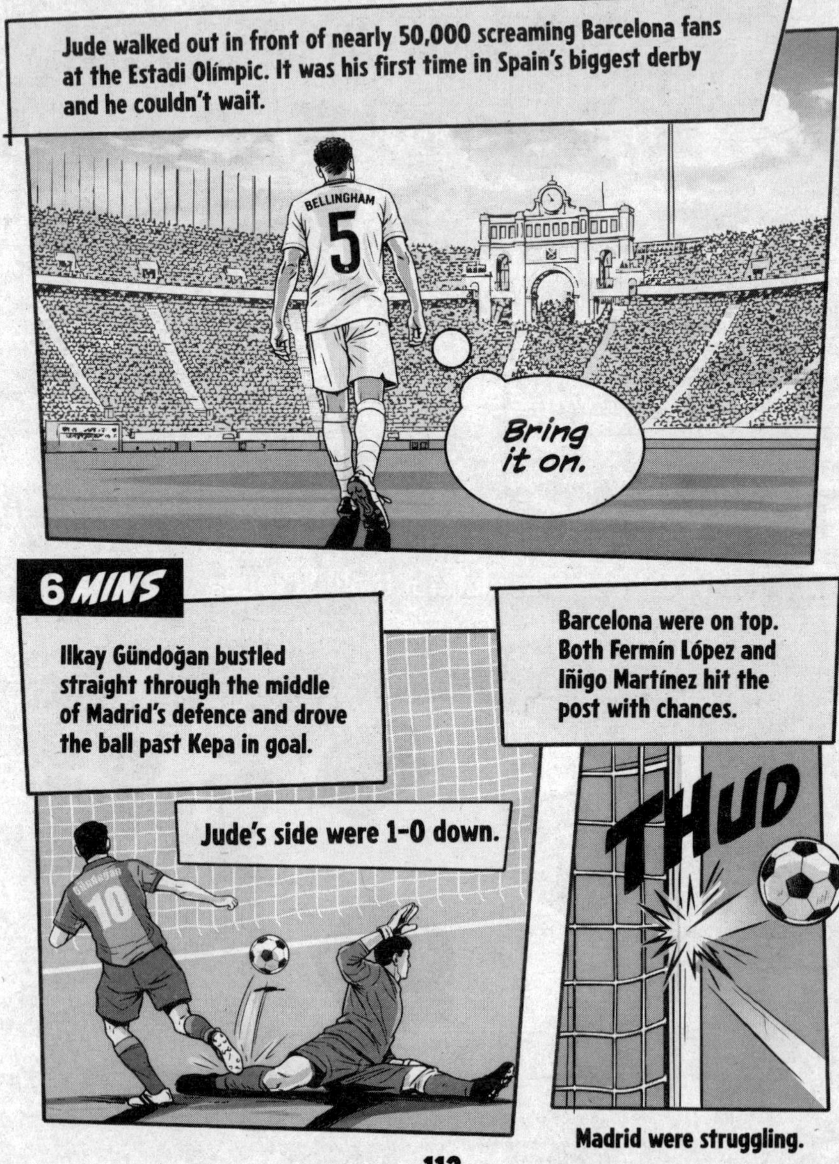


Madrid were struggling.

Jude was finding it hard to get free of Barcelona maestro Gavi, who was bossing midfield alongside Gündoğan and López.
Must be sharper.
68 MINS
Vinícius Jr. played the ball into Barcelona's box. Gavi headed the ball safely out of the penalty area, or so he thought . . .
GAVI 6
The ball fell to Jude 30 yards from goal. He gathered neatly, turned and took a stride forwards . . .
Plenty of space ahead.
. . . then struck a right-footed shot with perfect technique. It was an absolute rocket . . .
POW!

The ball thundered into the net.
WHOOOOSH
1-1!
Jude had become the first English player to score in an El Clásico game in 18 years.
Bellingham! Fantastic!
What a strike!
The game twisted and turned as both sides looked for a winner. The clock passed 90 minutes when Dani Carvajal's cross was touched on by Luka Modrić . . .
THWACK!
CARVAJAL
2
Whoooosh!
3
Jude had ghosted into the box. He slipped past Barcelona defenders before they could react.

As the ball bobbled up, he struck, guiding the ball past Marc-André ter Stegen.
Jude's hit the winner!
45 successful passes
73 touches
5 duels won
. . . and now two crucial goals in an El Clásico including the winner!
Jude's heroics impressed Madrid fans especially as they'd led to victory over their fiercest rivals.
The papers were full of praise for the young Englishman.
AMAZING TALENT.
We beat Barca!
Soooo good.
Lord Bellingham!
Jude had arrived!

# LA LIGA

No team has won more games in La Liga – the top league of Spanish football – than Real Madrid. As of September 2025, Madrid had notched 1,851 victories and scored 6,576 goals. Wow!

La Liga was founded in 1929 with just ten teams. Now, double that number of clubs take part, playing their 19 opponents twice, home and away.

Athletic Bilbao were the first dominant club, winning four La Ligas in the 1930s and recording the league's biggest-ever win when they thrashed Barcelona 12–1.

Sixty-two clubs have played in La Liga, but only nine have won it.

### REAL MADRID

Real Madrid share many records with their fierce rivals, Barcelona. These include most points in a single season (100) and most La Liga games won in a row (16).

### BARCELONA

In his time playing for Barcelona, Lionel Messi set a number of La Liga records. These include the most goals scored (474), the most hat-tricks (36) and the most league goals in a single season (50).

### ATLÉTICO MADRID

In 2025, Atlético Madrid striker, Alexander Sørloth scored the fastest hat-trick in La Liga history. It took the tall Norwegian just 3 minutes, 57 seconds to bag three goals against Real Sociedad.

# SUFFERING SETBACKS

**It had been a dream start for Jude in Spain. But few entire seasons go smoothly for a professional footballer. There are always challenges and setbacks to overcome.**

RÜDIGER 22
BELLINGHAM 5
VALVERDE 15
March 2024
Jude's team were on an incredible 20-game unbeaten streak in La Liga when they travelled to Valencia's atmospheric Mestalla Stadium.
16
Oh no!
5
Valencia proved tough opponents, going 2–0 up before Vinícius Jr. pulled a goal back on the stroke of half-time.
Into the second half and Vinícius scored again.
2–2

In the 99th MINUTE Brahim Díaz whipped in a great cross.
Jude timed his spring perfectly.
CENK
15
BIFF!
Rising above a clutch of players, he glanced the ball, guiding it into the bottom far corner.
YESSSS!
GOAL!
The keeper had no chance. Jude had won the game...
...Or had he?

The referee, Jesús Gil Manzano, disallowed the goal. He had blown the final whistle just before Jude headed the ball.
Ref!
It WAS a goal.
No. After the final whistle.
NOOOO!
The Real Madrid players crowded round the referee. Their striker, Joselu was shown a yellow card. Jude lost his temper and swore.
And the ref sent him off! It was the first red card of Jude's professional career.
Jude was banned from playing the next two games. For the first time he was criticized in some Spanish media. It stung.
What just happened?
CA
Jude had a serious talk with the manager. Carlo Ancelotti urged his young player to stay calm. Jude only notched one yellow card for the rest of the season.

# MEET THE MANAGER

CARLO ANCELOTTI was an Italian midfielder who played for Parma, Roma and AC Milan. He played for Roma the most (227 games) as well as playing 26 times for Italy and taking part in the 1990 World Cup.

He turned to management in 1992, and has since been in charge at 10 different clubs, from Chelsea to Paris Saint-Germain.

He has been in charge for over 1,400 matches at different clubs, making him one of the most experienced coaches in world football.

Ancelotti has won **A LOT** of trophies – from the FA Cup and two Copa del Rey, to three Club World Cups.

He is the only manager to have won the league title in all five of Europe's top leagues (in Spain, France, England, Italy and Germany). **AMAZING!**

He has also led teams to five UEFA Super Cups. No coach has won more!

When Jude joined Real Madrid in 2023, he was in awe of Ancelotti's four UEFA Champions League titles. Could the calm, unflappable coach, who would often switch tactics to outfox opponents, conjure up a magical fifth Champions League crown?

**JUDE CERTAINLY HOPED SO!**

21 APRIL 2024

# CHAMPIONS!

**Real Madrid were flying.** They were top of La Liga, eight points clear of Barcelona when the two teams met in the **last El Clásico** of the season.

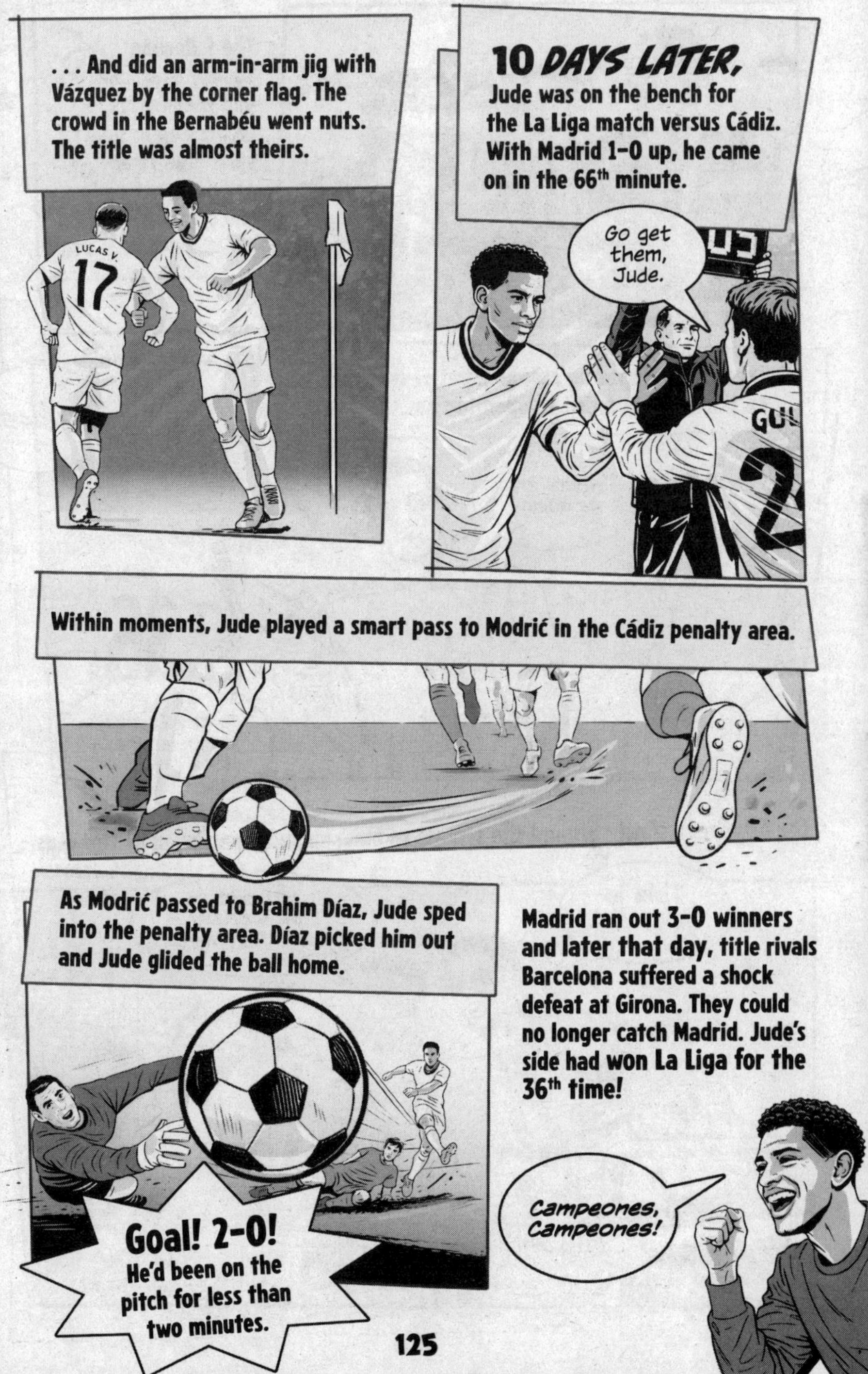
. . . And did an arm-in-arm jig with Vázquez by the corner flag. The crowd in the Bernabéu went nuts. The title was almost theirs.
LUCAS V.
17
10 DAYS LATER,
Jude was on the bench for the La Liga match versus Cádiz. With Madrid 1–0 up, he came on in the 66th minute.
Go get them, Jude.
Within moments, Jude played a smart pass to Modrić in the Cádiz penalty area.
As Modrić passed to Brahim Díaz, Jude sped into the penalty area. Díaz picked him out and Jude glided the ball home.
Goal! 2–0!
He'd been on the pitch for less than two minutes.
Madrid ran out 3–0 winners and later that day, title rivals Barcelona suffered a shock defeat at Girona. They could no longer catch Madrid. Jude's side had won La Liga for the 36th time!
Campeones, Campeones!

The bus drove slowly around the streets of Madrid. Jude marvelled at the sights.

More than half a million fans cheered them on. Jude was stunned by the support. He'd never been involved in anything quite like this.

# END OF SEASON HONOURS

What a first season Jude had at Real Madrid!

He had played 42 games and scored 23 goals, which is outstanding for a midfielder. He had also made 13 assists, dozens of tackles and hundreds of telling passes.

Madrid fans certainly appreciated Jude's efforts. In a team packed full of stars, the fans voted him the club's Player of the Season. Jude was honoured.

## REAL MADRID PLAYER OF THE SEASON

| | |
|---|---|
| 2019-20 | Karim Benzema |
| 2020-21 | Luka Modrić |
| 2021-22 | Karim Benzema |
| 2022-23 | Vinícius Jr. |
| 2023-24 | Jude Bellingham |
| 2024-25 | Kylian Mbappé |

And it wasn't just his club's own fans who thought so highly of Jude. Everyone in Spanish football was impressed. So much so, that he won the highly-prized La Liga Player of the Season award.

## LA LIGA PLAYER OF THE SEASON

| | | |
|---|---|---|
| 2018-19 | Lionel Messi | Barcelona |
| 2019-20 | Karim Benzema | Real Madrid |
| 2020-21 | Jan Oblak | Atlético Madrid |
| 2021-22 | Karim Benzema | Real Madrid |
| 2022-23 | Marc-André ter Stegen | Barcelona |
| 2023-24 | Jude Bellingham | Real Madrid |
| 2024-25 | Raphinha | Barcelona |

JUNE 2024

# DOING THE DOUBLE

With la Liga won, Jude and Real Madrid's attention shifted to one final, huge game of the season. It was for the ultimate prize in club football – a UEFA Champions League final.

Carlo Ancelotti had chosen to play a midfield diamond with Jude the furthest forward. To his left would be Toni Kroos, playing his last match before retiring.

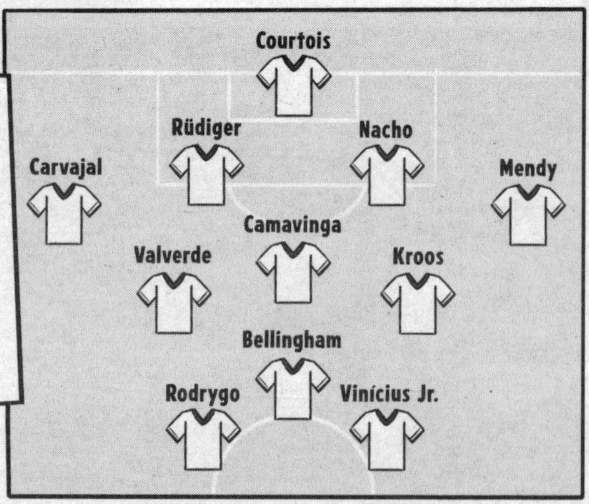

Jude had played at Wembley for England many times but had never played in a Champions League final. This had been his childhood dream.
Just like ...e and I used ... pretend back in Hagley.
The first half, though, was all Dortmund. They had eight shots to Madrid's two. Dani Carvajal blocked one shot. Another, from Niclas Füllkrug, hit the post.
BANG!
Jude received a far-from-friendly welcome from his old teammates who fouled him when he had the ball.
Cheap foul, Emre.
8
He tried to launch attacks, but despite having more possession, Jude's team fashioned very few chances.
Wrong run, Viní. No!

The second half was better. Madrid switched from a diamond formation to a 4-3-3 and unleashed 11 shots or headers. Gregor Kobel in the Dortmund goal made some great saves.
74 MINS
Toni Kroos whipped in a corner. Dani Carvajal rose well to head it home. It was Carvajal's first Champions League goal in seven seasons – what a time to score!
GOAL! 1–0!
BUT A 1–0 lead was precarious. Dortmund could score at any time.
Jude hustled the Dortmund players, blocking passes and trying to win the ball back.
BOOF

83 MINS
Ian Maatsen played a loose pass that Jude pounced on.
He passed it on quickly to Vinícius Jr., and raised his arms in celebration before Vinícius thumped it into the net. 2-0!
Goal! Yes, Viní. YES!
POW!
Referee Slavko Vinčić blew the final whistle, Jude was overcome with emotion.
Yessss!
We've done it.

The team mounted the podium. As captain Nacho lifted the trophy, the team exploded with roars and glitter cannons fired.

Jude got to lift the trophy, nicknamed 'Old Big Ears' for its long, curved handles.
Jude placed his winner's medal around his mum's neck. The Bellinghams roamed the pitch after the game. Jude didn't want the evening to end.
This is the best night of my life.
So proud of you.
You'll be next, Jobe.
Jude even cheekily asked José Mourinho to pose for a photo with his mum who was a big fan of the manager.
Oh, Jude!

# SECOND SEASON IN SPAIN

It was all change throughout Jude's second season with Real Madrid. Legends like Toni Kroos and club captain Nacho left, and at the end of the season so did Coach Ancelotti, replaced by Xabi Alonso.

In came, French superstar Kylian Mbappé and Brazilian striker Endrick. Jude was asked to play a little deeper in midfield in some games, but still got goals.

Jude went on a six-game scoring streak in La Liga in November and December 2024. In total, he scored 15 goals, but Real Madrid could not repeat the triumphs of the previous season.

They finished second in the league behind Barcelona, who also beat them in the final of the Copa del Rey and the Spanish Supercup. Throw in two La Liga defeats as well and Jude was well and truly sick of Barcelona come the end of the season.

In the Champions League, Jude encountered an old friend in Erling Haaland, now at Manchester City. Jude's team defeated City and Atlético Madrid, but fell to Arsenal in the quarter-finals.

It was a disappointing season for the club and for Jude. He vowed to come back stronger, harder and better the next season.

# FOLLOWING IN JUDE'S FOOTSTEPS

Just like his brother, Jobe progressed well at Birmingham. He was a sub for a first team game in August 2021 when he was just 15, but didn't come on.
Please, please, put me on.
He had to stay patient and work hard until January 2022. Debuting against Plymouth Argyle, he became Birmingham's second-youngest-ever player . . . behind his brother!
Get in, Jobe!
Jobe played 22 times for the first team in the 2022–23 season . . .
. . . before he was transferred to Sunderland where he was to wear the number 7 shirt.
JOBE
7
Hello again, Jobe.
Mike!
Mike Dodds was first team coach at Sunderland when Jobe arrived. He had been one of the first coaches to work with Jude *and* Jobe at Birmingham Academy.

Jobe got plenty of game time – **47 matches** in his first season and **43** in his second.

The game was won!

He was thrilled, celebrated and hugged his parents in the crowd.

JUNE 2025

# WEAR AND TEAR

Jude was tired and **nursing a few knocks** from a long season. But still he was excited as he flew across the Atlantic. Real Madrid were taking part in the **FIFA Club World Cup**, held in the United States.

**Jobe scored a cracking goal against African champions, Mamelodi Sundowns . . . and won the player of the match award in a thrilling 4-3 win.**

**The next day, 22 June . . .**

**. . . Real Madrid played Mexican club, Pachuca.**

**In the 34th minute, Jude raced into the penalty area, hit a sweet left foot shot and scored again.**

**Both Dortmund and Real Madrid topped their groups and were scheduled to meet in the quarter-finals.**

| GROUP F | Pd | W | D | L | Pts |
|---|---|---|---|---|---|
| 1 Dortmund | 3 | 2 | 1 | 0 | 7 |
| 2 Flumin . . . | 3 | 1 | 2 | 0 | 5 |

| GROUP H | Pd | W | D | L | Pts |
|---|---|---|---|---|---|
| 1 Real Madrid | 3 | 2 | 1 | 0 | 7 |
| 2 Al-Hilal | 3 | 1 | 2 | 0 | 5 |
| 3 RB Salzburg | 3 | 1 | 1 | 1 | 4 |
| 4 Pachuca | 3 | 0 | 0 | 3 | 0 |

**But Jobe got a yellow card which meant he couldn't play. He had to watch from the stands as his brother's team beat his side 3-2.**

**In the semi-finals, though, Paris Saint-Germain were simply too strong for Jude's team.**

**PSG notched up three goals in the first 24 minutes.**

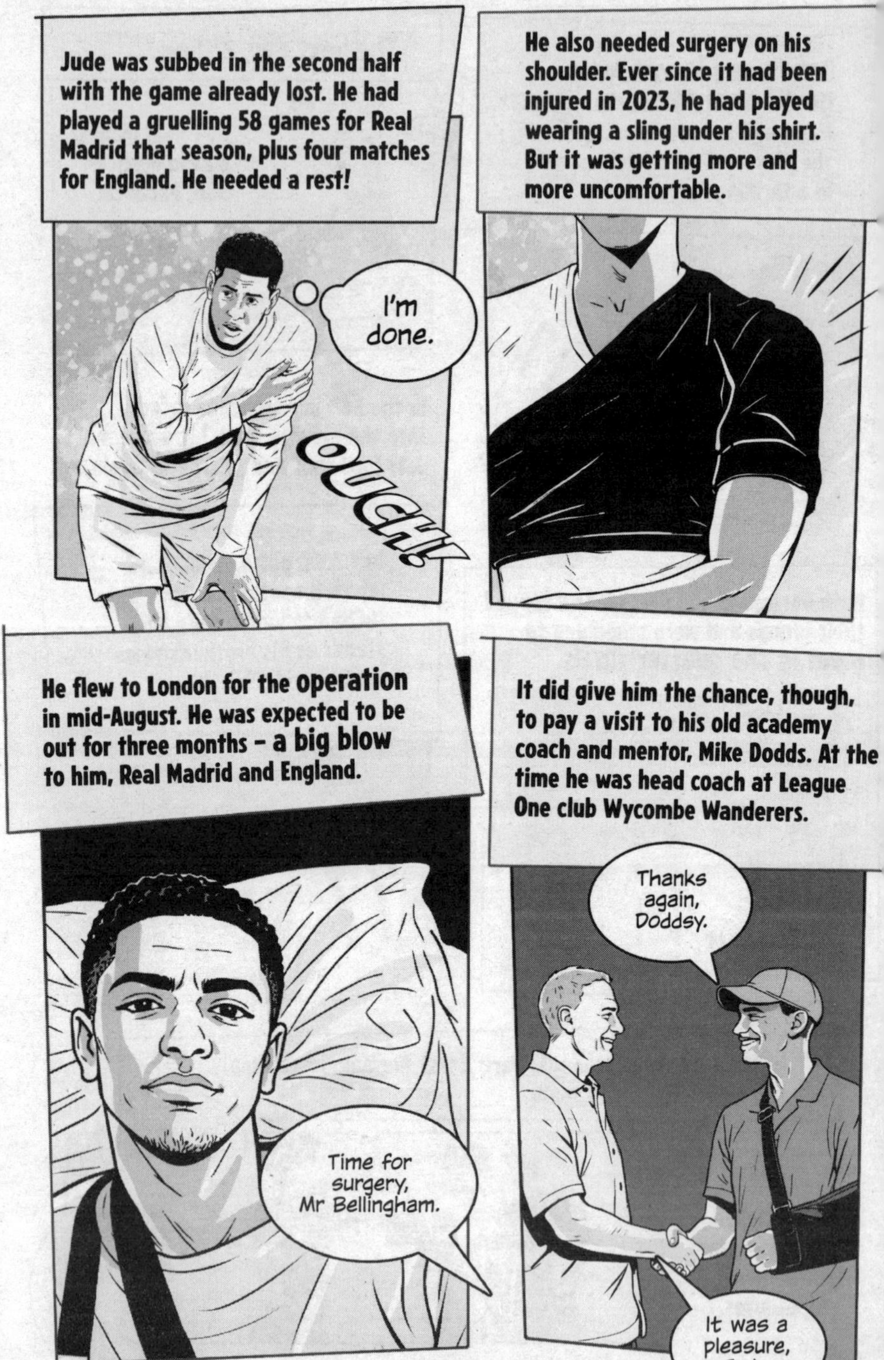
Jude was subbed in the second half with the game already lost. He had played a gruelling 58 games for Real Madrid that season, plus four matches for England. He needed a rest!
I'm done.
OUCH!
He also needed surgery on his shoulder. Ever since it had been injured in 2023, he had played wearing a sling under his shirt. But it was getting more and more uncomfortable.
He flew to London for the operation in mid-August. He was expected to be out for three months – a big blow to him, Real Madrid and England.
Time for surgery, Mr Bellingham.
It did give him the chance, though, to pay a visit to his old academy coach and mentor, Mike Dodds. At the time he was head coach at League One club Wycombe Wanderers.
Thanks again, Doddsy.
It was a pleasure, Jude.

The surgery left a big scar from his armpit right to the top of his shoulder.
Jude threw himself into recovery after the operation.
I'm gonna be back, fitter and better than ever.
He worked with weights . . .
. . . medicine balls . . .
. . . and physios to strengthen his shoulder.
Can't wait to start playing again.
It was frustrating missing the start of the season as well as important England games.
Jude stayed focused and was determined to return in peak condition as soon as possible. In the end he caused a surprise . . .
MBAPPE
10
5
. . . by returning far earlier than expected as an 89th minute sub in Madrid's September 2–0 win over Espanyol.
He was ready to write the next chapter of his amazing footballing story!

# CHAPTER 5 PLAYING FOR ENGLAND

## ENGLAND'S HQ

England opened its national football centre, St George's Park, near Burton upon Trent in 2012. It's designed as a training base for all of England's men's and women's national football teams and is packed with kit.

There's a full-sized indoor football pitch and 12 outdoor pitches, one of which is a precise replica of the pitch found at Wembley Stadium. There are also swimming pools, gyms, a medical centre and lots of bedrooms for the players and staff to stay there.

Jude found himself at St George's in 2015 sharing a room with Chelsea starlet Jamal Musiala. They had both been selected to play England Under-15s games. Jude was only 13 years old and soooo excited! He appeared as a substitute in two back-to-back games against Turkey's U-15 team. The first match England won 5–2, the second they lost 3–1.

Six weeks later, Jude was back at St George's as England U-15s played Belgium. Jude started the game, which England won 1–0.

Later in 2017, Jude was made captain of the U-15s – an unbelievable honour. England defeated the Netherlands 3–1. All three goals were scored by Jamal with Jude providing two of the assists. The pair celebrated with knee slides across the turf.

SEPTEMBER 2019

# AWAY WITH ENGLAND

**The England Under-17 team** had featured future stars like Noni Madueke, Bukayo Saka and Cole Palmer earlier in 2019. Now, the squad was filled with new recruits, including Jude. They were off to play in an U-17s competition in Poland called the Syrenka Cup.

Jude proudly led the team out into the Dozbud Arena. After a 4–2 win over Austria, England were in the final against Poland, and Coach Betsy had made him captain.
It was a proud moment.
England raced into a two-goal lead.
First, Harvey Elliott won a penalty, which he converted . . .
11
10
4
KICK!
SWIPE
. . . Then, Jude's mate, Jamal, played a great one-two with Louie Barry to put England two goals up.

Poland hit back with an almost identical one-two goal at the other end of the pitch.
Wallop!
Then, they levelled just as half time loomed. Jude and his teammates had a real game on.
England were on top in the second half and Jude nearly scored with an acrobatic volley. He actually made the last play of the match, bending in a corner, before the referee blew up.
FWEEET!
Shootout time.
Jude stood on the halfway line with his teammates as the shootout progressed. Things were tense as both teams missed penalties.
2–1 to us, come on, Coniah.

Coniah Boyce-Clarke saved Poland's last penalty . . .
Yes, Coniah!
BAM!
Great save!
. . . before Jadan Raymond scored the winner.
Get in!
We've done it!
The team mobbed their goalkeeper and penalty takers. They'd won! Jude was delighted. He had captained England to win the Syrenka Cup.
Yessss!
It was the first major trophy he had lifted in his young footballing career. He also won the Player of the Tournament award, making it a super September in Poland.

# YOUNG GUNS

November 2020, and Jude received an important phone call. It was from England manager Gareth Southgate asking Jude to join the England squad to play the Republic of Ireland. Jude was incredibly excited and told his parents.

A little over a week later, Jude walked onto the famous Wembley pitch wearing the number 17 shirt. It was a very proud moment for him and his family. He came on as a sub in the 73rd minute. England won the game 3–0.

JUDE WAS THE THIRD-YOUNGEST FOOTBALLER TO EVER PLAY FOR THE SENIOR ENGLAND TEAM.

## ENGLAND'S YOUNGEST PLAYERS

**Theo Walcott** . . . . . . . . . . . 17 years, 75 days
**Wayne Rooney** . . . . . . . . . 17 years, 111 days
**Jude Bellingham** . . . . . . . 17 years, 136 days
**James Prinsep** . . . . . . . . . 17 years, 252 days
**Thurston Rostron** . . . . . . 17 years, 311 days
**Raheem Sterling** . . . . . . . 17 years, 342 days
**Clement Mitchell** . . . . . . 18 years, 24 days

JUDE WAS ALSO THE YOUNGEST TO MAKE THEIR DEBUT AT WEMBLEY STADIUM AND THE YOUNGEST-EVER ENGLAND TEAM PLAYER TO PLAY FOR A FOREIGN CLUB.

There are players from other countries who began their international careers even earlier.

Brazilian legend Pelé was 16 years, 259 days old when he first played for Brazil. He scored that day and a year later was the youngest World Cup winner.

Barcelona sensation Lamine Yamal was only 16 years and 57 days old when he first played for Spain.

Arsenal's star midfielder Martin Ødegaard played for Denmark for the first time when he was 15 years, 253 days old.

# The FIFA World Cup

The biggest football competition of all happens once every four years. It is usually held in June and July, but in 2022, it was moved to November and December. This was to avoid the searing heat of summer, as the World Cup was held for the first time in the Middle East.

**RECENT & FUTURE WORLD CUPS**

| YEAR | HOST NATION(S) |
|---|---|
| 2010 | South Africa |
| 2014 | Brazil |
| 2018 | Russia |
| 2022 | Qatar |
| 2026 | USA, Canada, Mexico |
| 2030 | Spain, Portugal, Morocco |

Most of the England team played in the Premier League, which was paused while the World Cup was on. The same was the case with other leagues, like the Bundesliga. This allowed Jude to fly back to join the 26-player England squad.

At St George's, players were presented with their shirts by Prince William. Jude, of course, was given number 22.

A week before their first game, the players' bus was waved off by a crowd of England fans. On their arrival in Qatar, hundreds more fans greeted them at their hotel. In each player's room was a framed photo of their family.

The players trained lightly. After all, they were in the middle of the season. Southgate and his coaches helped them practise set-piece moves like corners and free kicks. But the players had time off to relax. For Jude and quite a few others, that meant computer games, yoga, darts or a dip in the hotel swimming pool.

**21 NOVEMBER 2022**

# JUDE'S WORLD CUP DEBUT

**Khalifa International Stadium, Qatar**

Jude was playing in England's first game at the 2022 World Cup. At **19 years and 145 days old**, he was England's third-youngest-ever World Cup starter.

Jude and the team lined up to sing the national anthem. He would be partnering Declan Rice in central midfield – a really important part of the team.

**35 *MINS***

Luke Shaw struck a **CROSS** into a crowded penalty area. Jude was already on the move.

He got to the ball first and glanced a looping header into the net. It was England's first goal of the tournament . . .

. . . and Jude's **first-ever goal** for England!

Jude dominated midfield and set up attacks as England scored again and again to run out **6-2 winners.**

He made 92 successful passes out of 95 and played more forward passes (48) than any other player on the pitch.

It was an all-action, **man-of-the-match** display that had football pundits purring. Jude was so excited he had trouble sleeping that night.

| | GROUP B | Pd | Pts | GD |
|---|---|---|---|---|
| | England | 3 | 7 | +7 |
| | USA | 3 | 5 | +1 |
| 3 | Iran | 3 | 3 | -3 |
| 4 | Wales | 3 | 1 | -5 |

England fought out a 0-0 **draw against the USA,** then **beat Wales 3-0** to **finish top of Group B.**

England headed into the **Round of 16 matches** where Jude starred as England defeated **Senegal.**

Then, Jude triggered the move of the match, intercepting the ball with a smart header and driving upfield. His telling pass to Phil Foden led to a **goal** by Harry Kane. England won the game 3–0.

England now faced France in the **quarter-finals. France** played with four strikers: Olivier Giroud, Antoine Griezmann, Ousmane Dembélé and Kylian Mbappé.

That's a lot of *FIREPOWER.*

France went 1-0 up in the first half.
But Kane equalized with a penalty in the second.
GOAL!
1-1!
By now, Jude was making lots of surging forward runs . . .
ZOOM
. . . but it was France who scored next – a header by Giroud.
Harry Kane missed a second penalty and England were out of the World Cup. Jude slumped to his knees, in tears.
FINAL SCORE: 2–1
He was so bitterly disappointed, but had announced himself on the world stage.

# THE ENGLAND *SUPREMO*

## SIR GARETH SOUTHGATE

### BORN: 1970

A skilful central defender, GARETH SOUTHGATE played 638 games for three clubs: Crystal Palace, Aston Villa and Middlesbrough between 1990 and 2006. He was good enough to play 57 times for England as well, scoring two goals.

Not bad for a player that as a 16-year-old was told by his club manager that he should give up football and become a travel agent!

Sir Gareth has travelled the world, first as England Under-21 coach and then in 2016 as England manager.

When he stepped down as manager in July 2024, Gareth's England record was:

**102 GAMES** **61 WINS** **24 DRAWS** and only **17 DEFEATS**

**PRETTY IMPRESSIVE!**

He had taken England to the final of two UEFA European Championships, the semi-finals of the World Cup and finished third in the UEFA Nations League. It was England's only third-place finish in a major tournament since 1968.

What's more, he had given a whole new crop of footballers – including Jude – the chance to show the world their skills and flair!

# LAST-GASP CHANCE

**It's the knockout stage of Euro 2024. England are losing 1-0 to Slovakia and there's less than 90 seconds to go . . .**

Up in the stands, England fans were tense.
Last chance!
We're OUT if we don't score now!
Marc Guéhi leapt high above Slovakia's defence and flicked the ball on.
FLICK!
As the ball looped up, Jude stepped sharply away from his marker.
Time for something spectacular . . .

. . . which flew past Martin Dúbravka . . .

. . . into the bottom corner of the net.

GOAL!
Jude's stunning strike had levelled the game.
After 90 minutes the score was 1-1.
It only took a minute in extra time for
Harry Kane to score the winner. England
held on. They were into the quarter-finals!
Everyone's talking about Jude's
amazing overhead kick long
after he receives the Player of
the Match award.
That's Jude, the midfield dynamo!

# SO YOU THINK YOU KNOW JUDE?

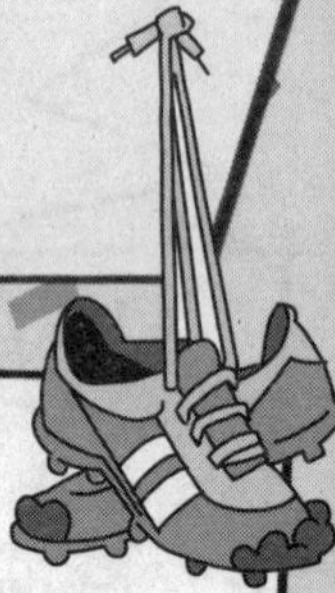

1) What is the name of Jude's younger brother?
a) Jason
b) Jobe
c) Jack

2) How old was Jude when he first played in the Championship for Birmingham?
a) 14
b) 15
c) 16

3) In which country do top clubs play in the Bundesliga?
a) France
b) Spain
c) Germany

4) What competition did Borussia Dortmund win in Jude's first season in Germany?
a) DFB-Pokal
b) Bundesliga
c) UEFA Champions League

5) Which of Jude's childhood heroes has scored 140 goals for his national team?

a) Steven Gerrard
b) Zinedine Zidane
c) Cristiano Ronaldo

6) How many clubs have never been relegated from La Liga?

a) Three
b) Five
c) None

7) Which Birmingham City manager gave Jude his debut in the first team?

a) Wayne Rooney
b) Pep Clotet
c) Steve Bruce

8) Who headed the ball on to Jude to score his overhead kick at Euro 2024?

a) Harry Maguire
b) Marc Guéhi
c) Kyle Walker

9) Which Borussia Dortmund player won Bundesliga Player of the Season before Jude?

a) Robert Lewandowski
b) Erling Haaland
c) Jadon Sancho

10) What number shirt did Jude wear whilst playing at Birmingham City?

a) 8
b) 10
c) 22

11) Against which team was Jude playing when he scored his first goal for England's senior team?

a) Iran
b) Republic of Ireland
c) Iceland

12) How many games did Jude play for Real Madrid in the 2024-25 season?

a) 36
b) 44
c) 58

**13) Which team does Borussia Dortmund play in Revierderby games?**

a) Bayer Leverkusen
b) FC Schalke 04
c) VfL Wolfsburg

**14) In what country was the 2019 Syrenka Cup held?**

a) Poland
b) Italy
c) Serbia

**15) Who is the youngest footballer to play for the England's men's team?**

a) Jobe Bellingham
b) Theo Walcott
c) Wayne Rooney

**16) Against which team did Jude play when he made his debut for the England Under-15 team?**

a) Greece
b) France
c) Turkey

**17) Which player played a record 741 times for Real Madrid?**

a) Cristiano Ronaldo
b) Raúl
c) Ronaldinho

# JUDE'S TIMELINE

**JUNE 29, 2003**
Jude is born in Stourbridge, England.

**2009**
Starts training with Stourbridge Juniors where his dad, Mark, is a coach.

**2010**
Joins the Under-8s group at the academy of Birmingham City FC.

**SEPTEMBER 2019**
Wins the Syrenka Cup with the England Under-17s team. Jude is voted player of the tournament.

**JULY 2020**
Jude moves to Borussia Dortmund in a £25 million transfer.

**SEPTEMBER 202**
Becomes youngest player to play for the England Under-21 team.

**MAY 2021**
Wins his first major trophy, the DfB-Pokal Cup, with Borussia Dortmund.

**JUNE 2021**
Plays in his first international tournament, Euro 2020.

**NOVEMBER 2022**
Takes part in a FIFA World Cup for the first time, scoring his first goal for England.

**JUNE 2024**
Wins the UEFA Champions League with Real Madrid and celebrates in the stadium with his parents.

**JUNE 2024**
Takes part in Euro 2024, scoring two goals for England as the team reaches the final.

**DECEMBER 2016**
Jude debuts for the England Under-15 team versus Turkey. He's just 13.

**JULY 2018**
Jude is picked to play for the England Under-16 side.

**AUGUST 2019**
Makes his senior professional debut for Birmingham City. He becomes the club's youngest-ever player.

**OCTOBER 2020**
Plays in his first-ever UEFA Champions League match, versus Italian club, Lazio.

**NOVEMBER 2020**
Makes his debut for the senior England team in a friendly versus the Republic of Ireland.

**JUNE 2023**
Jude signs for Real Madrid.

**DECEMBER 2023**
Jude wins the Kopa Trophy for the best player under 21 years of age in the world.

**MAY 2024**
Wins La Liga (the Spanish league) with Real Madrid.

**JUNE–JULY 2025**
Jude plays in his first Club World Cup for Real Madrid.

**JULY 2025**
Jude has surgery on his injured shoulder and doesn't start playing again until late September.

**OCTOBER 2025**
Jude is voted England's Men's Player of the Year.

# GLOSSARY

**assist** the last pass or touch of the ball to the player who scores a goal

**caretaker manager** a temporary manager, often given the job at short notice

**commemorative** describes something that honours or is a reminder of something from the past

**COVID-19** an illness caused by a type of coronavirus

**derby** a match played between two rival teams, often from the same local area

**dislocated** an injury where a bone (or bones in a joint) is forced out of its usual place in the body

**drill** moves that are regularly repeated to improve skills

**dynamo** in this case, it describes an energetic person

**foul** an act by a player that is against the laws of the game, such as tripping or pushing another player

**growth spurt** sudden and rapid increases in height and weight as a child develops

**idol** a sporting hero, often admired by younger players

**loan** when a player plays for another club, while still being an official member of their current club

**lockdown** an emergency policy during the COVID-19 pandemic where people were not allowed to mix with others

**mazy** describes a run made by a player where they weave through players while controlling the ball well

**nutmeg** describes a skill where one player kicks the ball between another player's legs

**outfield** refers to all of the players except the goalkeeper

**outfox** to trick

# GLOSSARY (contd)

**pandemic** when a disease spreads around a country or the world

**pre-season** the time before the official football season starts

**prosper** to succeed or do well

**relegation** to move down a league for the next season

**set-piece** a move from corner or free kick

**speculation** guesses or theories about something

**tekkers** football slang for 'technique'

**UEFA** stands for the Union of European Football Associations; it is the governing body for football in Europe, countries, such as Russia, of the Europe-Asia boundary and parts of Western Asia

**veteran** someone with a lot of experience at something and who is usually respected for it

**worldie** football slang for a world-class goal

**yard** a distance of approximately 0.9 metres, and the traditional (imperial) measurement used in football

## SO YOU THINK YOU KNOW JUDE?

### QUIZ ANSWERS

1b, 2c, 3c, 4a, 5c, 6a, 7b, 8b, 9b, 10c,
11a, 12c, 13b, 14a, 15b, 16c, 17b

# EPIC FOOTBALL COMICS

## COLLECT THEM ALL!